# 인생 초보인데
# 아기도 있어요

# 인생 초보인데
# 아기도 있어요

이슬비
김보람
권소정
김미옥
김민주
김서진
비화
지음

harmonybook

# 인생 초보인데 아기도 있어요

산후조리원을 퇴소하던 날.

조리원 원장님은 겉싸개에 꽁꽁 싼 신생아를 내게 안겨주며 말했다.

"축하합니다. 훌륭한 사람으로 잘 키우세요."

내 서툰 품이 불편한지 살짝 칭얼거리는 아이를 바라보며, 그제야 엄마가 되었음을 실감했다.

그날 집으로 돌아가는 차 안에서,

나는 엉성한 자세로 아이를 꽉 끌어안고 있는 것 외엔 아무것도 할 수 없었다.

머릿속엔 조리원에서의 마지막 대화만이 맴돌았다.

나에게 이 아이를 '훌륭하게' 잘 키워낼 자격이 과연 있는 걸까.

집에 도착해 남편이 트렁크에 한가득 실려있는 짐을 내리는 동안,

나는 아기를 안은 채 내 차 뒷유리에 붙은 '초보인데 아기도 있어요' 스티커를 내내 바라보았다.


그렇게, 아직 어른이 된다는 것의 의미도 알지 못하는데 덜컥 엄마가 되어버렸다.

아이를 키우고 또 내 삶을 바삐 살아내며, 육체적인 것만큼이나 정신적으로 자주 힘들었다.

한 생명의 인생 전반을 책임져야 할 부모가 되었지만, 나도 아직 삶 앞에서 어쩔 줄 몰라 하는 인생 초보일 뿐이다.

한참이나 남은 내 인생을 잘 설계해야 한다는 조바심과 아이에게 좋은 엄마가 되어야 한다는 중압감 사이에서 자주 길을 잃었다. 좋은 엄마이고 싶은데 멋있는 어른도 되고 싶다. 나는 앞으로 어떻게 살아가야만 하는 걸까.

일·가정 양립, 경력 단절, 가족, 미래….

한국 사회에서 내가 경험한 출산과 육아는 여성 인생의 변곡점이다.

'나'라는 존재가 가장 희미해지는 이 시기는 반대로 '나'의 정체성에 대해 가장 격렬하게 고민하고 재정립하는 때이기도 하다. 나는 누구인지, 앞으로 어떻게 살아가야 할지에 대해서.

힘들고 때로 괴로워질 때마다, 한편으로 궁금했고 묻고 싶었다.

비혼, 저출산, 1인 가족으로 명명되는 당대의 청년세대.

이 중 나처럼 결혼과 출산을 선택한 '여성 청년들'은 지금 어떻게 살아가고 있을까.

'엄마'라는 추상적이지만 너무나 견고한 이미지 그 아래에서 이들은 구체적으로 어떤 삶을 살아내고 있는 것일까.

이 불안과 궁금증으로부터 '인생 초보인데 아기도 있어요' 프로젝트는 시작되었다.

나는 30대-40대 초반, 아이를 키우며 살아가는 다양한 여성 청년들과 만나기 시작했다.

우리는 만날 때마다 서로의 이야기를 말하고, 듣고, 썼다.

이 책은 그렇게 만나게 된 청년세대 엄마 7명이 말하는 각자의 삶과 육아, 그리고 성장에 관한 기록이다.

우리는 엄마가 되었지만 아직 어른이 되지 못해 우왕좌왕한다.

누군가는 출산과 육아를 겪으며 감내해야만 하는 엄마 노릇을 버거워

한다.

누군가는 딸로서 엄마에게 받은 기억들 때문에 자신이 좋은 엄마가 되지 못할까 두렵다.

누군가는 일과 가정의 양립 가운데에서 피로와 죄책감을 호소한다.

누군가는 싱글맘으로서 아이와 함께 행복한 삶을 꾸려가기 위해 고군분투한다.

엄마로서 새롭게 시작된 인생은 김미옥의 말처럼 '예상치 못한 변칙'으로 가득한 나날이었다. 이것은 김서진의 이야기처럼 '힘들고 외롭던 시간을 잘 버텨내는' 견딤의 연속임과 동시에, 권소정의 표현과 같이 '물이 흐른 그 자리의 모습처럼 스스로를 자연스럽게 나로, 여자로, 그리고 엄마로서 받아들이는' 과정이기도 했다.

원고를 쓰는 일은 결코 쉽지 않았고, 때때로 난관에 봉착했다. 여기 모인 필자 대부분은 글쓰기에 익숙한 사람들이 아니었기에, 자신의 이야기를 글로 표현하는 것에 많은 어려움을 겪었다. 또한 엄마이자 한 인간으로서 바쁘게 살아가느라 글을 쓸 수 있는 시간은 늘 턱없이 부족했다. 초안 마감은 여러 번 늦춰졌고 수정에도 아주 오랜 시간이 걸렸다.

그럼에도 불구하고 우리는 계속 쓰기를 멈추지 않았다. 비화의 표현처럼 '어제보다 더 나은 내가, 엄마가 되기 위해'서였다. 김보람의 이야기처럼 어린 아이들을 키우느라 잠시 정지되어 있던 '공백'의 시간이 '진짜 사라진 시간'이 아니라 우리 안에서 '비옥한 한 줌 흙이 되기를' 바라서였다. 그리고 그러한 마음들이 모여 우리는 마침내 이 책을 완성할 수 있었다.

각자 자신의 이야기를 풀어 나가며 우리 모두는 깨달을 수 있었다.

엄마가 된다는 건 여성의 인생에서 종착점이 아닌 또 다른 인생 국면이라는 것을.

그리고 엄마이자, 나로서 우리는 멈추지 않고 우리 앞에 주어진 많은 날을 기쁘게 경험하며 열심히 살아가야만 한다는 것을.

그 깨달음의 기록을 지금 이곳에 조심스레 풀어놓는다.

"'나'라는 각자의 존재가 '우리'가 되었을 때 우리는 서로의 용기가 될 수 있다."라는 김민주의 말처럼, 우리의 글이 각자의 삶에서 고군분투하고 있을 또 다른 '인생 초보'들에게 조금이나마 위로와 공감과 용기로 닿을 수 있다면 더 바랄 게 없겠다.

2021년 5월 19일,
『인생 초보인데 아기도 있어요』 프로젝트 기획자
이슬비

**프롤로그** 인생 초보인데 아기도 있어요 004


# 제1장 '엄마 치레' 중입니다

### 초대받은 여자_김보람 014

2의 굴레 | 참견의 광장 | 공백의 땅 | 에필로그


### 인생도 에어로빅처럼_김미옥 036

프롤로그: 어쩌다 에어로빅 | 첫 수업 | 120분간의 에어로빅스 |
루나 | 에필로그: 싱코페이션


# 제2장 딸, 엄마 되다

### 그리고, 다시 빈 무대_권소정 058

1막, 폭주 기관차 | 2막 1장, 엄마도 아플 수 있다 | 2막 2장, 엄마!
정말 행복했어요? | 2막 3장, 뜻밖의 휴가 | 2막 4장, 호스피스 병동
에서 | 3막 1장, 물이 흐른 자리 | 3막 2장, 난 어떻게 살 것인가?


### 불우했던 아이도 좋은 엄마가 될 수 있을까요_비화 080

불우했던 아이도 좋은 엄마가 될 수 있을까요 | '좋은 엄마'라는 착각
| 엄마 그늘 속의 딸 | 엄마를 만나다 | 글을 마치며

## 제3장 좋은 엄마이고 싶은데 멋있는 어른도 되고 싶어요

**워킹맘을 명 받았습니다!**_김민주 108

오늘도 버티는 중입니다 | 우리는 서로의 용기 | 요즘 우리는 |
봄 타나 봄! | 육아 전우 | 희망 사항

**엄마인데 대학원생입니다**_이슬비 130

좋은 엄마이고 싶은데 멋있는 어른도 되고 싶어요 | 코로나19 시대
의 엄마 대학원생 | 아줌마 페미니스트 | 참고 문헌 | 면역의 시간

**엄마니까 넘어져도 다시 일어날 수 있어!**_김서진 156

내가 이혼할 줄은 꿈에도 몰랐다 | 나도 이혼이 처음이라… |
이생망? | 기타 코드 | 아이의 마음도 나의 마음도 돌보기 | 독한
mom | 39세에 교육 공무원이 되다 | 엔딩이 아니라 또 다른 시작

## 제4장 51%

**나를 여전히 엄마로 살아가게 하는 1%의 어떤 것에 대하여** 182

# 제 1 장

# '엄마 치레' 중입니다

# 초대받은 여자_김보람

7년 전, 결혼식을 앞두고 있을 때였다. 한복과 예복이 완성이 되었다는 연락에 남편과 찾으러 갔다. 건네받은 옷상자에는 각각 누구의 것인지 적혀있었는데 그 호칭들이 눈에 띄었다. '김보람 신부님의 친모', '김보람 신부님의 친부', '김보람 신부님의 오빠'. 모두 내가 중심이었다. 심지어 시가족들 것까지 남편이 아닌 나와의 관계로 적혀있었다. '김보람 신부님의 시모', '김보람 신부님의 시부', '김보람 신부님의 시동생'.

분명 맞는 말인데도 이러한 표현들은 매우 낯설게 다가왔다. 그들과의 관계에서 내 이름이 먼저 나온다는 것이 너무 어색했다. 그리고 깨달았다. 친밀한 관계 속에서 나는 지금까지 '누군가의 딸', '누군가의 동생', '누군가의 여자친구'로 불렸다는 것을. 한편으로는 당연하다고 느꼈지만 다른 한편으로는 불편함과 의문이 들었다.

하지만 이러한 괴리감을 곱씹어보기도 전에, 나는 내 이름이 먼저일 수 있는 마지막 이벤트를 올렸다. 그리고 결혼이라는 새로운 세상으로 초대되었다. 이후 나는 몇 번의 초대장을 더 받았다. 거기에도 역시 내 이름은 없었다. 점점 사라지는 나의 이름과 그 이름을 대신한 여러 가지 호칭들 속에서 생각했다. '가족'이라는 틀거지 안에서 나는 과연 누구로, 어디로 초대받았는가.

## 2의 굴레

해외에서 생활할 때 언제나 잊지 않고 가지고 다녀야 하는 것이 있다. 여권과 비자. 전자는 내가 어디에서 왔는지를 나타내고, 후자는 체류 목적을 나타낸다. 이 두 조합은 타국에서 나를 증명할 수 있는 가장 공식적이며 일목요연한 답일 것이다. 대한민국에서 '유학' 온 홍길동, 인도에서 '취업' 온 무함마드, 스페인에서 '방문' 온 곤잘레스. 그리고 이 대답은 곧 신분이 된다.

나는 몇 해 전 남편의 유학으로 미국에 왔다. 그렇다면 나의 비자는 과연 내가 누구라고 말해주고 있을까. 나는 무엇으로 이 미국 땅에 초대되었을까.

F는 유학관련 비자임을 나타내고 뒤에 붙는 숫자는 유학 당사자인지 아닌지를 나타낸다. 유학 당사자는 숫자 1을 부여받고 그 가족은 숫자 2를 부여받는다. 유학생이 미성년일 경우에는 부모, 성년일 경우에는 배우자 및 자녀가 가족 비자를 받을 수 있다.[1]

미국이 허락한 나의 신분은 대한민국에서 온 '유학생 ㅇㅇㅇ의 배우자' 김보람이었다. 한국에서의 내가 '김金가의 보람'인 것처럼 미국에서의 나는 '유학생 ㅇㅇㅇ의 배우자'라는 새로운 성姓을 얻게 된 것이다.

처음 미국에 들어왔을 때, 나는 떨리는 마음으로 이민국 심사관 앞에 섰었다. 실수하지 않으려 순서를 기다리면서도 남편과 예상 질문을 되뇌이고 또 되뇌였다. 이윽고 우리 차례가 되었고, 날카로운 눈초리의 심사관은 두터운 비자 서류를 꼼꼼히 살펴보며 남편에게 이러저러한 것들을 물었다. 그리곤 부록처럼 붙어있는 내 서류를 휙 넘기며 나에게 말했다.

"Do you know that you can't work and attend full-time school?"
"일하거나 학교 등록할 수 없다는 거 알고 있지?"

공항을 빠져나와 처음 맞이한 미국.

---

1) www.uscis.gov/sites/default/files/document/foia/Nonimmigrant_Services.pdf

# What are the Limitations to the F2 Visa?

With the F2 visa being a dependent visa, there are many restrictions to what you can and cannot do while in the U.S. The purpose of the F2 visa is for families to remain together while the person with the F1 visa gets their educational degree, which can be for several years. It has no other purpose, and that is why these are the limitations to having it.

## You are not allowed to work on an F2 visa

There are no F2 visa work permits. Your F1 spouse or parent has proved that they can afford to cover the expenses of you living in the U.S, so there are no forms of paid employment you can take up within the U.S. You can volunteer or do unpaid work, but you are not allowed to get into any employment agreement.

## You are not allowed to get a Social Security Number (SSN)

Since you're not allowed to work, you cannot get an SSN either. You are only eligible to get an ITIN number for tax purposes.

## You are not allowed to enroll in a full educational degree

The F2 visa does not allow you to enroll in a degree or credit bearing education. So you cannot complete a Bachelor's or a Master's Degree with this visa. You are only allowed to enroll in recreational, vocational, and non-credit bearing courses for hobbies or fun.

In addition, if you are a child dependent of an F1 visa holder, you are only allowed to complete elementary and middle school in the U.S. You will not be allowed to enroll in high school on an F2 visa. To do so, you will need to apply for a change of status.

F2 비자 소지자에 대한 제약들. 교육과정 등록 제한에 대한 부분을 보면, F2 비자 소지자는 비학위과정에 한해서 등록할 수 있다고 나와 있다. 이 부분에서 For hobbies or fun 이라고 표현한 부분이 인상 깊다. (visaguide.world/us-visa/nonimmigrant/study-exchange-visas/f1/f2)

한눈에 다 담을 수 없을 만큼 높은 하늘과 광활한 땅은 가슴을 설레게 했다. 하지만 그 낯선 감각들에 대한 감상 너머로 내 머릿속에는 심사관이 건넨 말만이 계속 맴돌았다. 진작에 알고 있는 내용이었지만 그의 눈빛, 표정, 손짓 하나하나가 전해주는 진실은, 나에게 높디높은 하늘보다도 넓디넓은 땅보다도 강렬하게 다가왔다. 손에 들고 있던 여권 속 비자를 다시 들여다보았다.

F2. 새로이 부여받은 이 숫자는 70여년 전 보부아르가 이야기했던 '제
2의 성性[2]'을 떠오르게 했다. 2로 시작하는 주민번호를 가지고 30년을
살아왔음에도 이렇게까지 애처롭게 느껴보지 못했던 이 숫자가, 먼 타
국 땅에서 나에게 또 다른 삶을 가져다 준 것이다.

속된 말로, 유학생 가족 비자는 '시체비자'로 불린다. 주 비자 소지자에
동반된 비자이기에 단독으로는 절대 존재할 수 없으며, 말 그대로 시체
처럼 아무것도 할 수 없기 때문이다. 할 수 있는 것은 가사와 돌봄 노동,
단순 소비, 그리고 취미 수준의 자기계발. 그림자[3] 혹은 트로피[4]가 될
수밖에 없었던 과거 여성들의 삶과 너무 닮아 있었다.

처음엔 잘할 수 있으리라 믿었다. 사랑하는 사람을 위한 희생이니 괜
찮을 줄만 알았고, 공부는 언젠가 끝이 날 테니 몇 년이라는 그 시간만

---

2) 시몬 드 보부아르Simone de Beauvoir는 그의 저서 〈제2의 성 Le Deuxième Sexe〉에서 '
여자는 본질적인 것에 대하여 비본질적인 것이다. 남자는 주체이고, 절대이다. 그러나 여자는 타자
이다.'라고 말했다. 제목인 '제2의 성'은 첫 번째가 될 수 없는, '2등 시민' 으로서 여성을 의미한다.
시몬 드 보부아르, 이희영 옮김, 『제2의 성 1』, 동서문화사, 2017, 19쪽.
3) 이반 일리치Ivan Illich는 그의 저서 〈그림자 노동〉에서 생산에 기여하지 않는 무보수노동은 오직
임금 노동을 뒷받침하는 그림자일 뿐이라고 말했다. 여기서는 가사와 돌봄으로 대표되는 무급노동으
로서, 임금 노동의 암부를 채우고 있는 '그림자 노동'의 의미로 사용하였다.
이반 일리치, 노승영 옮김, 『그림자 노동』, 사월의책, 2015.
4) 여기서는 남편의 지위와 성공에 걸맞은 외모와 품위, 교양을 겸비한 전시용 와이프의 역할을 수
행해야했던 과거 여성들의 삶을 이야기하기 위해 사용하였다. 1989년 미국의 격주간 종합 경제지 〈
포춘Fortune〉은 '트로피 와이프'에 대해 보도한 바 있다.
William, "On Language; Trophy Wife", The New York Times, May 1, 1994.
이 시기 "사회적, 경제적으로 성공한 중장년 남성들이 몇 차례의 결혼 끝에 마치 부상으로 트로피
를 받듯이 젊고 아름다운 아내"를 얻게 되었는데 이러한 뜻에서 '트로피 와이프'라는 이름이 붙었다.
https://terms.naver.com/entry.naver?cid=40942&docId=1220473&categoryId=31630

쉬어가듯 버텨내면 된다고 생각했다. 아니, 솔직히 말하자면 나는 다를 줄만 알았다. 나라면 훌륭한 내조를 하면서도 스스로를 잃지 않을 줄 알았다. 그래서 남편이 회사를 그만두고 유학을 가겠다고 했을 때에도 누구보다 쿨하게 그를 응원할 수 있었다. 한치 앞도 모르는 인생, 다가오지도 않은 미래를 앞서 고민하고 반대하는 것이 무슨 의미가 있겠는가. 그땐 그렇게 생각했다. 그리고 무엇보다 그의 꿈을 전적으로 지지한다고 내가 사라지는 일 따위는 일어나지 않을 거라 믿었다. 그는 그대로 나는 나대로 각자의 궤도를 잘 그려나가리라 착각했던 것이다. 하지만 나의 오만을 깨닫는데 그리 오랜 시간이 걸리지 않았다.

주민번호(Social Security Number)[5]도 없고 소득과 신용이 뒷받침되지 않으니, 나 혼자서는 그 어느 것도 할 수 없었다. 핸드폰 개통 하나 조차도. 때문에 한동안은 그 어떤 업무를 처리하든 남편을 대동해야만 했다. 내가 누구인지 증명하기 위해서. 나에 관련된 일이었지만 나보다는 남편이 누구인지가 중요했다. 이 땅에서 나는, 나로서 나를 증명할 수 없는 존재였다.

---

5) Social Security Number(사회보장번호)는 미국에서 공식적으로 부여되는 개인 신원번호로 부여 대상자는 미국내 합법적 거주자로서 세금을 내는 내외국인을 전부 포함한다.
https://www.ssa.gov/pubs/KOR-05-10002.pdf
원칙적으로 학생 신분을 가지고 있는 사람은 SSN을 받을 수 없지만, 합법적인 신청과정을 통해 허가를 받는다면 SSN을 받을 수 있다. 다만 학생이기 때문에 일을 하는데에 있어 일정 부분 제약이 따른다. 미국에서 박사과정 학생들은 학생보다는 가능성이 있는 coworker로서의 인식이 강하다. 대다수의 박사과정 유학생들은 funding(유학지원금)과 RA(Research Assistant, 연구조교)/TA(Teaching Assistant, 교육조교)를 통한 stipend(급료)를 받고 세금을 내기 때문에 SSN을 받을 수 있다.

내 모든 선택의 바탕에는 남편이 깔렸다. 이미 모든 상황들이 남편을 중심으로 재편되었기 때문에 어느 것 하나 쉽사리 마음대로 할 수 없었다. 아이를 갖고, 공부를 하고, 여행을 하고. 내가 언제 어떻게 하고 싶은지보다는 남편의 계획과 상황에 맞춰야 했다. 아이들이 태어난 후 상황은 더욱 심각해졌다. 나의 시간과 감정과 몸은 더 이상 내 것이 아니었다. 이 머나먼 타국 땅에서 나를 대신해 이 가정의 간극을 메꿔줄 수 있는 것은 없었다. 뒷받침이 필요한 남편과 보살핌이 필요한 아이들 사이에서 나는 늘 고민하고 고려하고 대기해야 했다. 어쩔 수 없는 상황이라는 것을 알면서도, 반복되는 과정 속에서 자존감은 바닥을 쳤다. 삶을, 이 하루를, 지금 이 순간을 온전히 스스로 채우지 못하는 데에서 오는 무력감은 생각보다 무서운 것이었다.

간절히 혼자이고 싶었다. 나에게도 나를 돌봐줄 내가 필요했다. 온전히 나를 내 마음대로 쓸 수 있는 시간이 절실했다. 하지만 할 수 있는 것이라곤 눈앞에 놓인 집안일뿐이었다. 창밖엔 숨소리조차 무거워지는 어두움이 내려앉았다. 두 주일 전쯤 정리했던 부엌 찬장을 다시 뒤엎었다. 피곤함도 뒤로하고 정리정돈에 열을 올렸다.

"아니, 피곤하다며⋯."

뒤켠으로 남편의 한숨 소리가 지나갔다. 잠시 고개를 들어 창밖을 내다보았다. 까만 창에 한껏 헝클어진 모습이 비쳤다. 생각했다. 내 삶에 대한 통제권이 나에게서 떠난 지금, 나는 대체 무엇일까. 그리고 무엇을 할 수 있을까. 나는 과연 이 굴레에서 벗어날 수 있을까.

# 참견의 광장

아이가 물었다.

"엄마 또 간지러워?"

나도 모르게 벌게진 눈 주위와 목덜미를 긁고 있었다. 둘째가 태어나면서 시작된 두드러기와 소양증은 여전히 나를 괴롭히고 있다. 출산 직후, 두드러기는 온 몸을 뒤덮어 아이에게 바로 수유를 하지 못하고 약을 먹어야 할 만큼 상태가 심각했고, 기도까지 부어올라 응급실에도 실려 갔다. 여러 가지 검사를 했지만 원인은 알 수 없었다. 스트레스와 면역력 약화로 인한 것으로 추측할 뿐.

하지만 나는 왜인지 그 이유를 알 것도 같았다. 둘째를 출산하던 날, 나는 그 순간만을 기다렸다. 자궁에서 자유로워지는 그 순간을. 지난 6년간 나를 짓눌렀던 부담이 둘째의 탄생과 함께 날아가리라 기대했다. 하지만 내 예상과는 다르게 저 단전 깊은 곳에서부터 어떤 억울함이 밀려 올라왔다. 마음속에서 비명이 터져 나올수록 두드러기도 심해졌다.

결혼 전, 사실 나는 딱히 아이에 대한 생각이 있는 사람은 아니었다. 내 인생에, 그리고 나의 결혼 생활에 아이의 유무는 그렇게 중요한 사안이 아니라고 생각했다. 더욱이 난임으로 이어지는 산부인과 질환을 가지고 있었기 때문에, 더욱더 아이에 대해 구체적인 계획을 하지 않았다.

문제는 나를 제외한 가족들의 생각은 나와 많이 달랐다는 것이었다. 아이에 대한 나의 생각을 이야기하면, 대체로 말도 안 되는 소리하지 말라며 웃어넘기거나 낳아보면 다를 거라며 회유했다. 검진을 위해 방문했던 병원에서도 결혼을 앞두고 있다고 하니 달리 임신 계획은 묻지도 않았다. 그러곤 다른 병증을 위한 치료가 아닌 오로지 임신을 위한 안案[6]을 내밀었다. 나는 당연한 수순처럼 그 안案을 받아들였다. 아니, 받아들일 수밖에 없었다.

1년여의 노력 끝에 나는 임신에 성공했다. 하지만 아이는 나의 한쪽 난관과 함께 세상을 등졌고, 나 역시 응급수술 중 사고로 목숨을 잃을 뻔했다. 이후 임신을 위한 모든 과정은 트라우마가 되어 긴 시간 나를 괴롭혔다. 아이를 지켜내지 못한 것은 몸이 약한 내 문제였고, 산부인과 질환에 한쪽 난관까지 없는 나는 쉽사리 아이를 가질 수 없는 실패한 모체일 뿐이었다. 나는 나에게 아이는 중요하지 않다고, 이제 더 이상 어떤 것도 하고 싶지 않다고 소리치고 싶었다. 하지만 당시 내가 할 수 있는 것은 다시 병원에 다니며 배란을 해내는 것밖에 없었다. 도망치기에는 나의 자궁에 너무 많은 사람들의 걱정과 기대가 뒤섞여 있었다.

---

6)  보통 난임 치료라고 불리는, 임신이라는 목적을 달성하기 위한 그 과정들이 여성에게 있어서 정말 치료인 것인지에 대한 의문에서 '치료'라는 표현대신 '안案'이라는 표현을 사용하였다.

"임신 확률이 일반인의 1/4도 안돼요. 손 놓고 있을 때가 아니에요."

"설마 애 못 낳는 건 아니지?"

"공부 때문에 애 안 갖는 거야?"

"애 가지려면 일을 좀 줄여야 하지 않아요?"

"잠을 잘 안 자니까 몸이 약하지."

"손발이 차던데 그래서 그런가."

"그거 먹지 말아요. 애한테 안 좋아"

"개복 수술했는데 자연분만 가능한 거야?"

"자연 분만해. 제왕절개 한 번하면 둘째도 제왕절개 해야 돼."

"모유 수유할거지?"

"초유는 먹이세요."

"자연 단유 해야지 약으로 끊으면 안 돼. 둘째 때 젖 안 돌아."

"그거 뭐하려고 버려, 둘째 낳으면 또 쓸건데."

"둘은 낳아야지. 하나는 외로워."

"딸 있으니까, 아들도 하나 낳아야지?"

"형제가 있어야 키울 때 좋아."

"둘이면 알아서 커."

"35살 넘으면 노산이야. 낳을 거면 빨리 낳아."

"어머, 큰 애가 터 판다. 이제 둘째 생기려나보네."


난임 치료를 시작으로 둘째가 태어나기까지 6년의 시간동안, 나는 참견의 광장이 되어버린 자궁에 집어 삼켜진 기분이었다. 그 곳은 내가 아이에 대해 생각해왔던 모든 관점들을 흔들어 놓았다. 내가 나에게 의문을 품던 그 순간, 나는 그 곳에서 빠져나올 용기를 잃었다. 적어도 둘째까지 낳고나면, 내 할 소임을 마치고 그 광장에서 빠져나올 수 있지 않을까 생각했다. 하지만 아이를 마주하게 된 환희와 함께 공허함과 억울함이 치밀어 올랐다.

방향 모를 감정의 화살들은 외부가 아닌 내부로 향했다. 지금껏 스스로 원하는 것을 탐색하고 선택해 왔기에, 선택에 대한 책임은 온전히 나의 것이고, 후회라는 감정은 무책임과 동일한 무게로 내 마음에 자리 했다. 수많은 실패를 겪기도 했지만 후회를 한 적은 거의 없었다. 실패 역시 그 나름의 의미가 있기에 자양분으로 받아들여 앞으로 나아가야 한다고 생각했다. 그래서였을까, 갑작스레 찾아온 회한의 감정들은 스스로를 너무 깊게 괴롭혔다.

누군가 나에게 반문했던 것처럼, 내가 한 선택인데 왜 이렇게 억울하고 공허할까. 내가 너무 예민한 걸까? 이렇게 뾰족한 감정들이 아이들에게 영향을 미치면 어떻게 하지? 이토록 사랑스러운 아이들을 두고도, 나는 왜 행복하지 않지?

나는 왜,
나는 왜, 왜, 왜, 왜?

내부로 향한 화살은 회한을 넘어 자책으로 이어졌다. 그렇게 수많은 질문과 감정들이 한 데 뒤섞여 온몸으로 비명을 질러대던 그 때, 나는 지난 선택의 순간들을 되돌아보았다. 아이를 갖는 문제에 있어서 나는 정말 내가 원해서 그 선택들을 했던 것일까.

결혼부터 출산에 이르는 과정을 두고 '인륜지대사'로 퉁 쳐 버리는 교육을 받아왔던 헛똑똑이에게, 한꺼번에 닥쳐온 이 난관은 지금껏 느껴본 적 없는 모호함과 불확실함으로 뒤덮여 있었다. 때문에 아이에 대한 선택의 기로에서 저울에 놓일 추錘의 무게를 결정지은 것은 내가 아닌 외부에서 온 것이었다. '결혼하면 당연히 아이 갖는 거 아니야?'처럼 결혼과 출산을 하나의 세트로 묶어 버리는 사회적 인식부터, '네가 아직 몰라서 그래. 낳아보면 달라.'와 같이 나의 판단을 의심하게 만드는 조언에 이르기까지… 나는 사회의 답을 맞추기 위한 선택을 하게 되었다. 이것이야말로 최근 주목받고 있는 '가스라이팅'[7]의 사회적 버전이리라.

---

7) '가스라이팅'이라는 용어는 로빈 스턴이 《가스등Gaslight, 1944》이라는 영화에서 영감을 얻어 만든 용어이다. 영화에서 남자주인공 그레고리는 아내인 폴라의 유산을 빼앗기 위해 폴라가 스스로 미쳐가고 있다고 믿도록 만든다. (14쪽) 이처럼 '가스라이팅'은 '암암리에 행해지면서 상대방을 조종하는 특정한 형태의 정서적 학대' (7쪽) 행위로서, '가해자가 상황이나 심리를 교묘하게 조작해 피해자가 자신의 현실감과 판단력을 의심하게 만'든다. (11쪽)
로빈 스턴, 신준영 옮김, 「그것은 사랑이 아니다」, 알에이치코리아, 2018.
생물학적으로 임신과 출산이 가능하도록 만들어진 여성은 번식과 사회적 통제를 위해 일률적인 모성을 강요받는다. 하지만 사회는 인간다움의 신성성을 무기로 하여, 여자라면 이를 누구나 당연하게 행하는 것으로 둔갑시킨다. 여기서 이 당연함을 행하지 못한 여성은 정상범주에서 탈락시켜 위기의식을 자극하고, 이를 행하지 않은 여성은 마녀로 만들어 신성성을 더욱 공고히 한다. 수많은 여성들이 완경기를 겪으면서 여자로서의 인생이 끝났다고 느끼는 것 역시 비슷한 이유 때문일 것이다.

단지 내가 원한 것은, 사랑하는 사람과 함께 삶을 나아가는 것이었다. 그리고 그를 위해 결혼이라는 사회적 제도를 선택했을 뿐. 하지만 결혼을 선택한 그 순간부터 나는 가스등의 안개로 자욱한 자궁에 갇혀버리게 되었다. 「가스등Gaslight」에서 폴라가 남편의 사욕으로 인해 미친 여자로 몰리고 집에 갇혀있었던 것처럼, 나 역시 '적어도 아이 둘'이란 사회의 요구로 인해 그곳에서 빠져나올 수가 없었던 것이다.

　둘째가 태어나던 그 날…

　나는, 폴라가 남편에게서 벗어나 '경이로운 밤'을 맞이했던 것처럼, 나 역시 경이로운 해방을 이룰 수 있기를 바랐다. 하지만 나는 폴라와는 달리 그곳에서 빠져나오지 못했다. 참견 대신 울분으로 가득 차 버린 그곳에 여전히 머물러 있다.

## 공백의 땅

얼마 전, 참으로 오랜만이었다. 남편과 이렇게 오래도록 차분히 이야기를 한 것이.

첫 시작은 아이에 관한 문제였다. 내년 가을이면 미국에서 첫 정규교육과정을 시작하는 큰 아이의 학교를 어떻게 정해야 할지 여러 가지로 고민이 되었다. 이런저런 의논을 하던 중, 남편은 계획과 목표 없이 표류하는 시간에 대한 두려움에 대해 토로했다.

"요즘… 목표를 세울 수가 없어. 뭐가 맞는지, 어떻게 해야 할지 모르겠어."

남편과 만난 지 3년쯤 되던 대학 4학년, 남편은 자신의 10년 계획이라며 종이 한 장을 내밀었다. 대학 졸업 후 대학원에 진학하고 학위 취득 후에 일을 몇 년 하다가 미국으로 박사과정 유학을 다녀오는 내용이었다. 그리고 그 이후에는 연구 위주의 활동을 할 수 있는 학계로 진출하길 원한다고 이야기했다. 10년이 지난 지금, 그는 자신이 계획한 것들을 좋은 성과 속에서 이뤄냈다. 그의 성실함과 우직함이 끌어낸 결과리라. 하지만 계획 없는 삶과 이유 없는 시간들에 대한 불안과 강박 역시 10년의 시간 동안 그의 내면에서 자라난 모양이었다. 학계로 나가겠다는 그의 바람은, 아이들이 태어나면서 생긴 변수와 현실적인 문제들로 인해 잠정적 보류 상태가 되었다. 그리고 인생에서 처음으로 정해진 계획이 없는 시간을 맞이한 그는 지금껏 느껴보지 못했던 공허 속을 헤매고 있었다.

지금까지 본 중에 가장 혼란스러워 보이는 그의 얼굴.

나는 그 혼란이 무엇인지 누구보다 절실히 공감할 수 있었다. 본인만 생각할 수도, 그렇다고 포기도 하지 못하는 그 마음. 그리고 나의 미래를 내 의지대로 선택할 수 없는 그 무력감. 혼란스러워하는 남편이 안쓰러웠다. 하지만 한편으로는, '그토록 긴 시간 힘들어하던 내 마음을 이제서야 제대로 공감받을 수 있겠구나' 하는 생각에 야속하게도 느껴졌다. 남편은 먼 타국에서 제대로 마음의 뿌리를 내리지 못하고 힘들어하는 나를 위해 많은 노력을 해왔다. 다만 그는 내가 현재 상황을 받아들이고 이에 맞춰 적당히 헤쳐 나가길 바라는 것 같았다. 그보다는 그것이 맞다고 생각하고 있는 듯 했다. 내가 왜 그 어떤 계획도 제대로 세우지 못했는지, 실천하지 못했는지에 대한 이해를 바라기엔 그는 너무 합리적인 삶을 살아가고 있었다.

남편에게 어렵사리 말을 건넸다.

"그래, 힘들거야. 그 마음 정말 잘 알아. 내가 지금까지 느껴 왔던 게 바로 그거거든⋯ 나도 뭐가 맞는지, 어떻게 해야 할지 모르겠더라. 그리고 지금도 잘 모르겠어."

처음 미국에 왔을 때, 많은 이들이 '헬조선'을 벗어나 '기회의 땅'이라 불리는 곳에서의 삶을 부러워했다. 물론 그들이 상상하는 것과 실제에는 큰 괴리가 있었다. 유학생 가족으로서 할 수 있는 것들은 굉장히 제한적이기 때문에 어떤 극적인 변화나 기회를 꿈꾸기는 힘들었기 때문이다. 하지만 적어도 새로운 땅에서 비옥한 내적 양분을 얻을 수 있을 것이라는 작은 기대를 했었다. 그러나 나를 맞이했던 건, 지친 몸을 뉘일 이불 하나 없던 집처럼, 텅 비어 버린 시간이었다. 너무 바쁜 남편은 식사 시간 외에는 얼굴을 마주하기도 힘들었고, 대학 하나로 돌아가는 미국의 작은 소도시는 며칠이 지나자 지루해지기 시작했다.

인생에서 처음 맞이하는 긴 공백. 그 공백이 너무나도 낯설었지만, 나라면 이를 가벼운 휴식으로 끝내고 나올 수 있을 것이라 착각했다. 하지만 5년이 지난 지금, 나는 자존감과 불안을 껴안은 채 공백의 나락으로 사라져 버렸다. 상황을 잘 모르는 지인들은 이런 나를 보며 의아해하곤 했다.

"아니, 왜 거기 있으면서 그냥 있어? 나라면 뭐라도 하겠다 야. 너 답지 않게 왜 그러고 있어."

그래, 이상할 법도 하다. 하지만 나라고 마냥 이렇게 있고 싶은 건 아니었다.

미국에 오기 전, 나는 영화의 미적인 부분을 다루는 프로덕션 디자이너로 일을 했었다. 익히 알려져 있다시피 영화는 다수의 인력과 자본, 집중력을 필요로 한다. 때문에 함께할 동료, 시간, 돈 그 어느 것 하나 없이 이 곳에서 새로운 판을 짠다는 것은 쉽지 않은 일이었다. 현실적인 이유들로 인해 계획했던 것들은 좌절되었고, 의도와는 다르게 점점 영화와도 멀어지게 되었다. 때문에 한동안은 영화나 드라마를 볼 수가 없었다. 장면 하나하나는 내 직업적 감각들을 자극했고, 크레딧에 아는 사람이라도 올라오면 부러움과 함께 극심한 좌절감이 밀려왔다. 멀리서 들려오는 동료들의 소식에, 그리고 곁에서 하나 둘 이뤄나가는 남편의 모습에 조바심도 났다. 조금만 참으면 제 자리로 돌아갈 수 있을 것이라는 기대는 갈수록 희미해졌다. 아니, 돌아가리라던 그 자리가 이제 내 자리가 맞는 지조차 알 수 없었다. 나에게 남은 것은 반복된 임신-출산-육아로 찌든 거죽과 공백의 시간만큼 텅 빈 내면이었다.

  늦었다는 생각에 영화가 아닌, 무엇이라도 시작해야겠다는 강박이 스멀스멀 머리를 옭아맸다. 하지만 그 어느 것도 쉽사리 시도할 수 없었다. 영화가 아닌 어떤 일을 해야 할지 갈피가 잡히지 않았다. 스무 살 이후, 나는 영화로 점철되어있다고 해도 과언이 아닌 삶을 살아왔다. 영화를 하면서도 여러 가지 다른 일들을 했지만, 언제나 마음의 중심엔 영화가 있었기에 오히려 그 일들을 열심히 할 수 있었다. 때문에 영화가 사라진 빈 터에, 무엇을 그 중심에 들여야 할 지 쉬이 결정을 내릴 수가 없었다. 그리고 어리석은 짓이라는 걸 알면서도 실패를 피하고 싶다는 생각이 간절했다. 잠을 줄여야 겨우 쪼개어 낼 수 있는 시간과 되레 집안 경제에 누가 되지 않을까하는 부담이 핑계가 되어 마음의 발목을 잡았다.

사랑했던 일과 멀어져가는 만큼, 미국에서의 생활은 점점 정착되어갔다. 얼핏 보기엔 나쁘지 않았다. 남편 지인들 중에는 우리 가족을 부러워하는 사람도 몇몇 있었다. 정확히는 커리어와 가정을 둘 다 놓치지 않은 남편을 부러워했다. 그들이 바라보는 프레임 안에서 나는 살림 잘하고 아이들 잘 키우는 아내로 평면화되어, 남편에게 맞춰진 초점 뒤에서 흐릿하게 미소 짓고 있을 뿐이었다. 남들이 보는 우리 가족의 모습이 점점 단란해져 갈수록, 액자 뒤의 나는 점점 혼란스러워졌다. 종일 엄마를 찾으며 말갛게 웃고 있는 어린 아이들을 보고 있자니, 그냥 이렇게 이대로 있는 것이 모두에게 행복한 것 아닐까하는 생각도 들었다. 당장 죽고 사는 문제도 아닌데, 이런 감정들이 사치처럼 느껴지기도 했다. 내가 너무 욕심이 많은 걸까, 주어진 것에 감사할 줄 모르는 걸까 반문하고 반문했다. 나 빼고 다 행복하다는데 나만 참으면, 나만 포기하면, 이렇게 자리 지키고 있으면, 그냥 주어진 것에 만족하면… 모두 행복해질 수 있는 걸까.

여우비가 지나간 어느 날. 큰 무지개가 하늘을 가득 채웠다. 무지개를 갖고 싶다는 큰 아이 말에 어렵사리 거울을 이용해 방 한 켠에 작은 무지개를 만들어주었다. 얼마나 흘렀을까 아이의 관심이 다른 놀이로 옮겨갈 때쯤 무지개도 사라졌다. 창가에 걸어둔 거울에는 텅 빈 벽만이 가득했다.

멍하니 거울을 바라보았다. 내 안에 다채롭게 반짝이던 빛들도 저 무지개처럼 텅 빈 구름 뒤 켠으로 사라져 버린 걸까. 아니면 비 개인 그 날을 기다리며 잠시 숨을 고르고 있는 걸까. 추적추적 내리는 이 장마가 끝나고 나면 '공백의 땅'이 되어버린 내 하늘에도 다시 무지개가 뜰 수 있을까.

# 에필로그

심해진 우울감으로 시작한 상담. 기나긴 나의 이야기를 들은 상담가는 조용하고 단단한 목소리로 나의 우울과 억울한 감정들이 상실감으로부터 시작된 것 같다고 이야기했다. 그녀는 우울의 근원이 무엇인지 알아가는 과정이 매우 중요하다고 말했다. 그리고 당부했다. 잘 먹고, 잘 자고, 움직여야 한다고. 우울을 마주보기 위해선 적어도 그만큼의 힘이 필요한데 이 일들이 그 힘을 길러줄 것이라고. 따지고 보면 별 것 아닌 일들이지만 생각하니 한숨만 몰려나왔다. 중요하다는 걸 모르지 않았다. 다만 그조차 할 여력도, 의지도 생기지 않았을 뿐. 그저 눈과 귀를 막은 채 심연 어딘가를 부유하고 있는 것 같았다. 지금 내가 어디를 떠다니고 있는 지조차 모르는데 햇빛 따위, 운동 따위, 잠 따위가 대체 무슨 의미인가. 하지만 오늘은 이 별 것 아닌 일들을 해볼 참이었다.

떨리는 눈빛의 남편과 아이들을 뒤로 한 채, 혼자 나선 오랜만의 외출. 갈 곳 없는 발걸음은 집 주변을 뱅뱅 돌다 도서관으로 향했다. 가볍게 보기 좋은 책 몇 권을 둘러보다 볕 좋은 창가에서 까무룩 잠이 들었다. 자고 일어나니 속이 출출해졌다. 한 블럭 떨어진 찻집으로 갔다. 짙은 홍차에 파운드 케이크 한 조각을 곁들였다. 흘러나오는 음악을 따라 마음이 향기로워지는 기분이었다. 그 길로 영화관으로 향했다. 볼 수 있는 가장 빠른 시간의 영화를 하나 골랐다. 그다지 흥행하지 않은 코미디 영화였는데, 웃겼다. 웃음이 났다. 웃을 수 있어서 다행이었다. 돌아가는 길 괜히 떨어지지 않는 걸음에 근처 공원에 들어섰다. 한참을 서성이다 벤치에 앉아 하늘을 올려다보았다. 별 것 아닌 이 일들을 소여물 먹듯 천천히 곱씹어 해내고 나니 마음이 조금은 말랑말랑해지는 것 같았다. 허나 이내 곧 공허해졌다. 유연해진 마음의 틈으로 상실감이 깊숙이 밀려왔다. 집에 돌아와 잠든 아이들 머리맡에 쪼그려 앉아 한참을 울었다. 낮에 마신 홍차의 진한 카페인 때문인지 아니면 울어서인지 울렁대는 속을 게워냈다. 그렇게 무너져 내리려는 찰나, 상담가의 말이 생각이 났다. 물을 한 잔 벌컥벌컥 들이켰다. 그녀의 말처럼 우울에 젖어들지 않고 그것과 마주보기로 했다. 아내, 엄마, 며느리라는 이름 뒤로 가려진 나의 이름 자국이 보였다. 김보람으로서는 잃어버린 수 년의 시간. 이 시간을 어떻게 하면 되찾을 수 있을까. 아니, 진짜 사라진 시간일까. 그 시간을 다시 쓸 수는 없는 걸까.

펜을 들었다.

잃어버렸던 그 시간들의 기억을 하나하나 적어 내려갔다. 마침표가 하나씩 늘어갈 때마다 써 내려간 문장들 위로 하나 둘 이미지들이 떠올랐다. 흐리멍덩하던 머릿속이 진한 커피라도 마신 듯 선명해졌다. 그리고 무엇을 해야 하는지 알게 되었다. 가장 잘 할 수 있는 것으로 그 시간을 다시 쓰는 작업. 떠 오른 이미지들을 붙잡아 씬scene이라는 이름을 붙였다. 이 씬들이 엮이고 엮이면 하나의 시나리오가 탄생할 것이다. 그렇게 그 공백을, 이름을, 광장을 되새기기 시작했다. 되새겨 뱉어놓은 그것이 이 땅에 비옥한 한 줌 흙이 되기를 바라며. 이 시나리오의 마침표를 찍을 수 있길 바라며.

# 인생도 에어로빅처럼_김미옥

## 프롤로그: 어쩌다 에어로빅

"우울증 치료에 도움을 줄 수 있도록 운동을 해보는 건 어떨까요? 약물치료와 운동을 병행하면 효과가 좋아요."

지금으로부터 3년 전, 난생처음 방문한 신경정신과의 첫 상담이 끝나가고 있는 참이었다. 의사 선생님은 내 우울증 정도가 심하다는 진단과 함께 알코올 중독 치료제, 신경안정제 등 총 6알의 약을 처방하겠다고 설명했다. 그간의 설움과 힘들었던 점이 폭발해 상담 내내 눈물 콧물을 쏟은 나는, 퉁퉁 부은 눈으로 힘없이 앉아 그의 말에 귀를 기울이고 있었다. 나를 보며 술은 반드시 끊으셔야 한다고 한 번 더 강조한 그는 이윽고 차분하고도 조심스러운 어조로 내게 운동을 권했다.

운동이요? 하고 고개를 드는데 벽에 걸린 거울에 비친 내 모습이 보였다. 눈물이 그렁그렁하고 생기라고는 없는 한 여자가 그 안에 있었다. 그건 내가 아니었다. 거울 속 그 여자를 바라보며 이대로는 안 된다고, 그때 나는 한 번 더 굳게 결심했던 것 같다.

30살, 동갑내기 남편과의 결혼을 시작으로 내 인생은 걷잡을 수 없을 만큼 빠른 속도로 변화했다. 허니문 베이비로 첫 아이를 임신했고, 급격하게 나빠진 몸 상태로 인해 갑작스레 예정에 없던 퇴사를 하게 되었다. 육아 전쟁, 그리고 계획에 없던 두 살 터울의 둘째 출산, 남편의 이직과 함께 아는 사람 하나 없는 생소한 도시로의 이사. 이러한 변화들은 너무나도 갑작스러워 불안을 동반하는 변화이기도 했다.

나의 두 아이는 보고만 있어도 그저 행복하고 사랑스러웠지만, 아이들을 사랑한다고 해서 육아가 힘들지 않은 것은 아니었다. 아이들은 나만 바라보고 있고, 나 역시 매일매일 쉴 새 없이 바쁘게 아이들을 키우고 집안일을 하는데, 정작 나 사신은 그 어디에도 없이 감쪽같이 사라져버린 느낌이었다. 어느 순간부터 조금 버겁다는 생각이 들기 시작했다.

프리랜서로 장례지도사를 시작한 남편은 일에 적응하느라 바빴고 퇴근도 늦었다. 매일 우리가 모두 잠들었을 때 퇴근했고 우리가 깨기 전에 출근했다. 활동적인 성향의 나에게 연고 하나 없는 낯선 도시에서의 생활은 종종 창살 없는 감옥처럼 느껴지곤 했다. 유일한 외출은 마트, 놀이터, 그리고 가끔 하는 외식뿐이었다. 그러다가 우연히 동네 85년생 엄마들과 모임을 하게 되었다. 우리는 짬이 날 때마다 만나 신나게 수다를 떨었고 세상에 둘도 없는 친구가 생긴 것처럼 서로를 의지하게 되었다. 그러나 그것도 잠시였다. 한 번 두 번의 말실수와 자리 없는 사람의 뒷담화가 시작됐다. 결국 모두에게 상처만 남긴 결과를 가져왔고 모임은 그렇게 없어졌다. 사람들을 만나면 또 같은 상황이 생길 것 같아 그 뒤로 사람들과 교류하지 않았다. 그리고 나는 어느 날부터인가 아이들을 재우고 난 후 혼자 술을 마시기 시작했다. 낮에는 큰아이가 어린이집을 가도 둘째 육아를 하니 나에게는 잠시의 짬도 나지 않았다. 밤이 되어서야 엄마 노릇에서 놓여난 나는 종종 혼자서 숨을 돌리며 늦은 저녁 식사에 반주를 하기 시작했다. 그렇게 소주 반병으로 시작한 혼술은 몇 달 후 매일 소주 2병으로 늘어났다.

그렇게 흐른 시간이 5년. 일상은 완전히 무너졌다. 나는 변해 있었다. 나에게 남은 건 결벽증, 아이들에게 훈육이 아닌 화풀이와 윽박지르기, 알코올중독, 그리고 우울함이었다. 가만히 앉아있는데도 눈물이 흘렀고 아이들은 나에게 오늘 하루 해치워야만 하는 숙제처럼 느껴졌다. 아이들에 대한 사랑도 책임감도 잃은 채 삶을 포기하고 그냥 어디론가 떠나버려서 이 세상 사람이 아니고만 싶었다. 감정이 널을 뛰었다. 자존감은 바닥을 기었다. 나도 모르게 순간의 감정에 욱해서 매를 들었고 화를 냈다. 그러다 감정이 좋아지면 세상에서 가장 천사 같은 엄마처럼 굴었다.

그러던 어느 날, 아이들에게 한없는 미안함과 사랑을 느꼈던 날이 있다. 나는 그날 아이들을 끌어안고 뽀뽀를 퍼붓고, 사랑한다고 속삭였다. 그러다 어느 순간 나는 똑똑히 보았다. 또다시 언제 폭발할지 모르는 엄마를 불안해하며, 아이들의 눈에 언뜻 두려움이 스치는 것을. 그 눈빛을 보는 순간 망치로 얻어맞은 것처럼 정신이 번쩍 들었다. 어느새 아이들에게 나는 최악의 엄마가 되어 있었다.

뜬눈으로 밤을 샌 후, 바로 다음 날 아침이 밝자마자 나는 남편과 함께 신경정신과를 방문했다. 우울증, 불면증, 알코올중독. 내 병명이 뭐든 최대한 빨리 치료를 받고 고치고만 싶었다. 그리고 꼭 건강해져서 사랑하는 아이들과 정상적인 생활을 하고 싶었다.

신경정신과 상담을 마치고 나오자마자 동네 주민센터 에어로빅 교실로 달려갔다. 의사 선생님의 말을 듣자마자 불현듯 얼마 전 친구가 에어로빅을 시작했는데 새로운 사람들도 만날 수 있고, 운동도 재미있었다는 얘기가 떠올랐기 때문이다. 차에서 내려 주민센터로 뛰어 들어가던 그 날을 잊지 못한다. 아주 오랜만에 나는 무언가를 위해 뛰고 있었던 것이다.

주민센터 데스크에 문의하자 좋은 소식을 알려주었다. 보통 주민센터 에어로빅 교실은 대기자가 많아 3개월 이상 기다려야 하는데, 내가 방문한 날엔 마침 다른 지역으로 이사를 간 회원이 있어 바로 등록이 가능하다고 했다. 운명 같은 일이라고 믿고 싶었다. 망설임 없이 3개월을 등록했다. 에어로빅이라고는 단 한 번도 해본 적이 없었지만, 나는 우울증만 나을 수 있다면야 뭐든 할 수 있다는 각오였다. 남편과 사랑하는 두 아들의 얼굴이 눈에 아른거렸다.

그렇게 어쩌다 에어로빅을 시작하게 된 나는 거기에서 뜻밖에 인생의 전환점을 맞이하게 된다.

# 첫 수업

에어로빅 첫 수업에 나가던 날. 주민센터 지하 1층 에어로빅 교실 문 앞에서 나는 계속 들어가지 못하고 망설이고 있었다. 살면서 운동이라고는 20대 때 헬스 3개월을 등록하고 그마저도 한 달 만에 나가지 않게 된 기억이 전부였다. 문을 열고 들어갈 용기가 나지 않았다. 긴 우울의 시간동안 몸도 마음도 많이 위축이 되었는지, 무언가를 새롭게 시작한다는 건 내게 엄청나게 떨리는 일이었다. 유리문으로 슬쩍 안을 살피니 30여 명의 수강생으로 교실이 꽉 차 있었다. 수업 시간이 임박해오자 나는 심호흡을 한 번 하고 교실문을 열어젖혔다. 나름 용기를 내 힘차고 밝게 안녕하세요라고 인사를 했지만 몇 명만 고개를 까닥해줄 뿐이었다. 어색하고 무거운 공기 속 묻힌 인사가 민망해 얼굴은 붉어졌고 갈 곳 잃은 눈동자는 흔들렸다.

수강생들은 다들 자연스레 자기 자리에 가서 섰다. 간단히 스트레칭으로 몸을 푸는 사람, 옆 사람과 담소를 나누는 사람, 에어로빅 동작을 연습하는 사람도 있었다. 모든 사람은 지금 이 공간 속에 있는 것이 너무도 당연하고 익숙해보였다. 그래서인지 그 누구도 나에게 어디에 서서 운동을 해야 하는지 알려주지 않았고, 통성명은커녕 내게 관심조차 없었다. 더군다나 화려한 에어로빅복을 입은 사람들 사이에서, 집에 굴러다니는 반바지와 반팔티를 입고 있는 내 모습은 마치 출근길 강남에서 혼자 한복을 입고 있는 듯한 이질감까지 들었다. 겨우 쭈뼛거리며 교실 제일 뒤에 자리를 잡고 선 나는 괜히 온 것 같다고 살짝 후회했다.

이윽고 에어로빅 선생님이 힘차게 문을 열고 교실로 들어섰다. 그리고 그녀의 등장과 거의 동시에 인사도 없이 다짜고짜 음악이 시작됐다. 모두 익숙한 듯 선생님을 따라 몸풀이 운동을 시작했다. 간단한 동작이었지만, 나는 팔을 쭉 뻗어 돌리는 것도, 발을 바닥에서 떼 옆으로 이동하는 것도, 다리를 올리는 것도 다 너무 부끄럽기만 했다.

얼굴이 새빨개진 채 누가 봐도 초보티를 내며 팔다리를 허우적거리다 보니 몸풀이 운동이 끝났다. 선생님은 수강생들에게 간단한 인사를 건네며, 신입분이 오셨네요 라고 내게 알은체를 해주었다. 내가 10개월 만에 온 신입이라고 했다. 주민센터 데스크에서 들은 것과 같이 에어로빅은 주민센터 프로그램 중에서도 인기가 많았다. 3개월에 75,000원이라는 저렴한 가격에 수강생들이 재등록을 하는 경우가 많아 도통 자리가 나지 않는 것이다. 뻘쭘함에 괜히 온 것 같다는 후회도 잠시, 역시 운이 좋았어 하고 기분이 좋아졌다. 간단하게 자기소개를 마치고 내가 자리로 돌아가자 곧바로 두 번째 음악이 시작되었다.

수업이 진행되는 50분 동안 무슨 노래가 나왔는지 무슨 동작을 배웠는지 기억도 못 할 만큼 정신없이 첫 수업이 끝났다. 괜한 부끄러움에 나는 도망치듯 교실을 빠져나왔다. 그길로 운동복 가게에 들러 레깅스와 긴 민소매 티를 구매했다. 아직 화려한 에어로빅복을 사기엔 용기가 없어 가장 무난한 것으로 골랐다. 계산하는데 이마에서 땀이 또르륵 떨어졌다. 뭔가, 개운한 기분을 느꼈다.

그 이후로 시작된 에어로빅. 처음 한 달은 부끄러움과의 전쟁이었다. 교실 벽에 붙은 거울로 허우적거리는 내 춤사위를 보는 게 민망했다. 남들도 내 이런 우스운 모습을 볼 게 아닌가. 동작을 못 따라가 팔다리를 삐끗할 때마다 괜히 옆에 선 다른 회원들의 눈치를 살피기도 했다. 수업은 보통 화요일에 새로운 작품을 배우고 수, 목, 금은 반복적으로 작품을 연습한다. 그리고 금요일 수업 끝부분엔 동영상을 찍는다. 동영상은 선생님이 교실 뒤쪽에 의자를 밟고 올라서서 거울을 찍었는데, 이때마다 나는 내 큰 키를 어필하며 동영상을 찍겠다고 자처했다. 카메라에 동작도 표정도 엉망인 내 모습이 찍힌다는 게 창피했기 때문이다. 그게 안되는 날엔 거울에 혹시나 춤추는 내 모습이 찍힐까 싶어 다른 회원 뒤에 몸을 숨긴 채 소심하게 손발을 움직이곤 했다.

처음에는 어색하기만 했다. 우울증 치료에 좋다고 하니 억지로 억지로 일주일에 세 번 정도만 운동을 나갔다. 하지만 시간이 지나 어색함과 부끄러움이 옅어질수록 에어로빅에 대한 재미는 커졌다. 차차 다른 회원들과 자연스러운 인사도 나누게 되면서 처음 느꼈던 민망함과 이질감도 사라져갔다. 계속 반복하다보니 안무도 자연스레 외워졌고, 음악에 따라 동작을 딱딱 맞춰가는 게 생각보다 훨씬 즐거워지기 시작했다. 수업에 적응하고 보니 어느 순간 내가 춤추는 것에 아무도 관심 없다는 걸 깨달았다. 모두 각자가 본인의 운동에 집중하고 있었다. 음악에 맞춰 춤을 추면서 자기만의 호흡을 해 나가고 있음이 느껴졌다.

에어로빅을 하는 시간은 내가 나로서 온전하게 존재할 수 있는 시간이다. 춤을 잘 추기 위해서는 거울을 통해 내 몸 상태에 집중해야 한다. 팔과 다리의 움직임, 근육의 사용, 박자, 호흡을 섬세하게 관찰해야만 겨우 선생님과 엇비슷하게라도 동작을 할 수 있기 때문이다. 꽤 오랜 시간 아내로, 엄마로, 주부로 존재하던 나의 몸이 에어로빅을 추는 순간만은 내 존재 자체로 움직이고 있었다. 수업이 끝나고 교실 바닥에 뚝뚝 떨어진 내 땀방울을 보면 오늘도 해냈다는 성취감과 속 시원함이 있었다. 어느덧 오늘 에어로빅 수업이 끝나고 나오는 순간부터 내일 수업이 기다려졌다. 그렇게 주5일, 단 하루도 빠지지 않고 에어로빅을 다니기 시작했다. 종종 술이 마시고 싶을 때는 한밤중에 혼자 공원으로 나가 에어로빅 동작을 연습하며 땀을 뺐다.

에어로빅을 시작한 지 6개월째, 나는 12알까지 늘렸던 우울증 약을 4알로 줄이게 됐다.

# 120분간의 에어로빅스

"원래 '에어로빅'은 유산소 운동을 통틀어서 가리키는 말이에요. 회원 님이 하셨던 에어로빅은 정확히는 '에어로빅 체조'입니다. 앞으로 저랑 하실 에어로빅은 '에어로빅스'라고 불러요. 에어로빅스는 7가지 기본 스텝이 있고, 여기에 여러 가지 댄스 동작을 믹스해서 진행해요."

새로운 GX(group exercise)센터에 간 첫 날, 나는 그곳에서 친절한 목소리와 눈웃음이 매력적인 새로운 에어로빅 강사 '캐리' 선생님을 만 났다.

우울증 치료와 에어로빅을 병행한 지 2년. 나는 무너진 일상을 다시 차근차근 쌓아 올리는 중이었다. 잘 자고 일어나 얼른 운동을 가야 한 다는 마음은 불면증에서 나를 해방시켰다. 술을 거의 끊었다. 그리고 약물치료와 함께 운동에서 얻은 에너지는 나를 변화시켰다. 삶에 생기 가 생겼고, 식욕도 웃음도 조금씩 되찾아갔다. 거기에 덤으로 살이 10 킬로가량 빠졌다. 최고의 성형은 다이어트라고 했던가. 인생에서 이렇 게 날씬하게 살아 본 적이 없었던 나는 점차 바닥을 치던 자신감을 되 찾고 있었다. 그리고 가장 큰 변화이자 성취는 더 이상 아이들에게 화 를 내지 않게 되었다는 점이다. 차츰 정신적, 육체적 건강을 회복하게 되자 아이들을 돌보고, 사랑을 표현할 수 있는 여력을 되찾았다. 나는 그 무엇보다도 이 점이 가장 기쁘고 다행스러웠다. 아이들과 편안하게 웃고 생활할 수 있는 일상이 너무나 소중했고, 이 일상을 지키기 위해 나는 더 열심히 운동하고 치료에 매진했다.

그렇지만 우울증과 알코올 의존증은 완치가 쉽지 않았다. 약을 제때 먹고 운동을 빠지지 않고 다녀와도 때때로 감정 기복이 심해졌고, 술을 참지 못해 이삼일 연속 술을 마시는 사태가 발생하기도 했다. 술을 마신 다음날은 가슴이 내려앉는 불안감에 다시 우울과 불안 증세가 반복되었다. 괜찮아졌다 싶어서 임의로 약을 끊은 어떤 날엔 부작용으로 극심한 가려움증이 올라와 온 몸을 피가 날 때까지 긁기도 했다.

결국, 흔들리는 내 모습을 걱정한 남편과 언니가 상의한 끝에 나는 언니가 사는 춘천으로 이사를 결정하게 되었다. 돌아가신 엄마 대신 오랜 시간 내 곁에서 친정 엄마 역할을 해주는 언니가 옆에 있어준다면 나 역시 여러 불안들이 해소될 것만 같았다. 나는 두말없이 이삿짐을 싸기 시작했다. 그리고 곧 이사를 하게 됐다.

언니는 내가 낯선 도시에서의 생활로 우울증을 얻은 적 있기에 춘천에서 잘 적응할 수 있을지가 가장 우려됐던 것 같다. 언니는 환경 변화로 흔들릴 나를 걱정해 내가 이사를 오기 전에 이미 한 GX 센터 에어로빅스 강좌를 등록해놓고 있었다. 그리고 그곳에서 나는 캐리 선생님과 만나게 된 것이다. 이런 내 사정을 알게 된 캐리 선생님은 몸이 피곤해서 술 생각도 나지 않게 움직여 보자고 했다. 술도 우울증 약도 완전하게 끊는 것을 목표로 삼고, 이전까지 아침에만 하던 운동을 아침, 저녁 두 타임으로 늘렸다. 나의 저녁 운동시간을 벌어주기 위해 감사하게도 막내 조카가 매일 저녁 우리 아이들과 함께 시간을 보내주었다. 이렇듯 가족들의 따뜻한 사랑과 헌신으로 나는 매일 60분씩 두 차례,

하루 120분 동안 에어로빅스를 시작할 수 있었다.

에어로빅스 첫 수업 시간. 이사 직전까지 2년간 에어로빅을 꾸준히 했으므로 나는 그 옛날 첫 에어로빅 수업을 앞두었을 때 보다는 다소 심적 여유가 있는 상태였다. 그때처럼 후줄근하게 입고 가서 창피를 당하지 않으리라 다짐하며 내가 가진 에어로빅복 중 가장 화려한 옷을 골라입었다. 반짝이가 가득 달린 에어로빅복과 에어로빅 전용 스타킹까지 풀장착을 하고 자신감 있게 센터로 갔다.

안녕하세요, 활기차게 센터 문을 열어젖혔다. 아. 아아. 여기 에어로빅스 수업 회원들은 조거 팬츠에 빅사이즈 티셔츠를 아주 멋있게 입고 있었다. 가슴에 가득 달린 반짝이가 민망하게 흔들리는 것을 느끼며, 나는 또 교실 맨 뒤에 자리를 잡고 섰다.(운동 등록 전 미리 방문해 전반적 분위기를 살펴 볼 것을 추천해본다.)

캐리선생님 수업은 체계적이었다. 마야의 '진달래꽃'을 첫 곡으로 준비운동이 시작된다. 준비운동은 웜업(Warm-up)과 이완 운동 2단계로 구분된다. 웜업은 체온을 1도 정도 높이는 것으로 격렬한 운동 전 신체가 준비될 수 있도록 하는 것이다. 머리부터 발끝까지 전신을 세밀하게 움직이는 안무로 몸을 풀어주자 슬슬 열이 오르는 것이 느껴진다. 간단히 몸을 풀어준 다음 이완 운동이 시작된다. 이완 운동은 동적 스트레칭과 정적 스트레칭의 균형 있는 안무라고 생각하면 될 것 같다. 본격적인 운동 전 인대의 유연성과 근육의 탄력성을 증가시키는 역할을 한다. 에어로빅스의 준비운동 음악은 대중가요의 속도를 BPM 120~140 정도로 빠르게 조절한 것이다. 이 음악에 맞춰 몸을 늘이는 스트레치, 옆으로 걷는 그랩바인 스텝, 브이자를 그리는 브이 스텝, 다이몬드 스텝 등 간단한 발동작과 격렬하지 않은 팔동작이 이어진다. 흥겹게 귀에 감기는 낯익은 노래들은 흥을 돋우고 내 몸은 리듬에 맡겨져 음악의 악센트에 따라 신나게 춤을 추기 시작한다.

몸에 시동을 걸고 예열을 끝냈더니 점점 이마에 땀이 맺히기 시작하고 호흡이 조금씩 빨라진다. 이러한 내 몸의 신호가 오면 본격적으로 에어로빅스가 시작되는 시간이다. 사람이 가장 희열을 느끼는 속도인 BPM 140~155 정도의 음악이 교실에 울려퍼진다. 음악에 맞춰 전신을 한껏 사용해야 하는 강도 높은 동작들이 이어진다. 음악 박자에 맞춰 몸을 움직이는 순간, 비 오듯 흐르는 땀이 반짝이는 내 에어로빅복을 흠뻑 적셨다. 동작에 맞춰 바닥에 운동화가 닿는 탁탁 마찰 소리가 기분 좋았다. 정신없이 에어로빅스를 하며 나는 건강하게 살아있음을 느꼈다.

그렇게 캐리 선생님을 만나 에어로빅스를 접하게 된 지 1년의 세월이 흘렀다. 이 기간 동안 나는 참 흥겨운 시간을 보냈다. 아침과 저녁 60분씩 파워 리믹스, 힙합 리믹스, 트로트 메들리까지 신나는 음악에 몸을 맡기고 나면 짊어지고 있던 모든 스트레스가 날아가는 기분이다.

에어로빅스 수업에서 내가 가장 좋아하는 것은 자리 이동이다. 음악에 맞춰 모든 수강생이 사선으로 섰다가, 두 줄로 섰다가, 삼각형으로 섰다가, 한 줄로 섰다가 일사불란한 몸짓으로 움직이다 보면 모두와 하나가 된 것 같은 연대감을 느끼기도 한다. 자리 이동을 하면 다른 곳에서 있을 때는 보이지 않았던 것들이 새롭게 보인다. 늘 운동하는 똑같은 교실이지만 내 시야가 달라졌기 때문이다. 에어로빅을 하기 전 나는 늘 내 인생에서 도망치고만 싶었다. 하지만 이제는 알겠다. 결국 삶을 건강하게 바꿔나가기 위해서 필요한 건 내 스스로의 시야를 바꾸는 길 밖에는 없다는 것을. 그리고 그것만이 나를 구원할 수 있다는 것을.

그렇게 한참을 정신없이 뛰고 나면 나얼의 바람기억, 알리의 서약 등 잔잔한 노래가 시작되며 마무리 운동으로 접어들 차례다. 이때는 이미 옷이 다 젖어있고 몸 전체에 전기가 통하는 것처럼 전율이 흐른다. 몸의 이런 반응은 내가 운동을 대충하지 않았다는 증거이기도 하다. 한껏 달아오른 몸을 스트레칭으로 아주 천천히 늘려주면서 마무리 노래를 듣고 있으면, 땀과 함께 내 우울한 감정들도 외부로 분출되어 심신이 정화되고 있음을 몸으로 느낄 수 있다.

집에서 열심히 새로 배운 동작들을 연습하고 있던 어느 날이었다. 거실 소파에 앉아 내 모습을 물끄러미 보고 있던 큰아이가 내게 말했다. "엄마 춤출 때 너무 즐거워 보여요. 엄마 웃으니까 너무 예쁘다"라고. 표정도 없이 살았던 지난 몇 년간 아이에게 내가 활짝 웃는 모습을 보여주지 못해서였을까. 자연스럽게 나온 나의 즐거움이 아이에게 전달된 순간이었나 보다. 큰 아이의 칭찬을 들으면서, 내가 우울의 구렁텅이에서 빠져나가기 위해 고군분투 하는 시간 동안 아이들도 나를 위해 견디고 성장해주었다는 것을 깨닫는다. 그 사실이 못내 미안하고 또 너무나 고마웠다. 큰아이를 꼭 껴안고, 사랑한다고 말했다. 매일 바라온 120분간의 기적이 내 마음속에서 이루어지는 순간이었다.

에어로빅을 시작한 지 3년째 되던 날, 나는 모든 약을 완전히 끊을 수 있게 됐다.

# 루나

에어로빅을 시작한 지 4년 차. 몸도 마음도 완전히 건강해진 것을 느끼는 나날이다. 특히 남편과 아이들과의 관계는 전에 비할 바 없이 많이 회복되었다. 내 공허한 마음이 채워지자 어느 순간 아이들의 감정에 귀를 기울이고, 아이들의 표현을 기다려주고 공감해주는 것이 가능해졌다. 남편도 바쁜 시간을 쪼개어 가정에 몰두하려는 노력을 아끼지 않았다. 언니와 형부, 세 명의 조카들이 든든하게 우리 가족을 지지해주어 더욱 행복하고 감사한 시간을 보낼 수 있었다.

나는 마치 다시 태어난 사람처럼 새삼스레 삶의 아름다움과 기쁨을 느끼는 중이었다. 아이들과 함께 강으로, 산으로, 들로 시간 날 때마다 소박한 간식 도시락을 싸서 소풍을 나가곤 했다. 춘천의 아름다운 풍광은 우리 가족 모두에게 위안으로 다가왔다. 그 곳에서 아이들과 나는 몇 년간 서로 마음에만 담아 두었던 이런저런 이야기들을 쉴 새 없이 나누었다. 일과를 마치고 집에 돌아오면 이제 아이들은 내게 먼저 다가와 대화를 시작한다. "엄마 오늘은 무슨 대화를 할까? 엄마 오늘 운동은 재미있었어?"라고. 다른 가정에서는 너무도 당연하지만 내게는 무척이나 힘들었던 일들이 이제는 우리 가족에게도 일상이 되었다.

잃었던 가장 중요한 것을 회복하게 되면서, 나에게는 새로운 꿈이 생겼다. 언제인가부터 운동을 할 때마다 문득문득 나도 저 앞에 서서 수업을 하는 에어로빅 선생님이 되고 싶다고 생각했다. 처음 몇 달 동안은 가슴 속에 간직하고만 있던 이 꿈은 점점 그 크기를 키워나가기 시작했다. 나는 용기를 내기로 했다.

가장 먼저 아이들과 대화를 했다. 만약 에어로빅스 강사가 되기 위해 공부를 시작하게 되면 지금보다 아이들과 함께하는 시간이 줄어들게 된다. 당연히 아이들에게 이해를 구하는 것이 먼저였다. 두 아이가 하루 일과를 마치고 귀가했다. 아이들과 저녁을 먹으며 대화의 시간을 가졌다.

"엄마는 앞으로 학교나 운동센터에서 에어로빅을 가르치는 사람이 되고 싶어. 그러려면 열심히 공부하고 운동해서 자격증을 따고 선생님이 되어야 한대. 엄마가 그 공부를 시작하면 지금보다 더 많이 운동하고 그래야 할 텐데. 혹시 우리 아들들이 이해해 줄 수 있을까?"

내 말에 작은 아이는 흔쾌히 고개를 끄덕였고, 큰아이는 "엄마도 나처럼 태권도 승품 심사처럼 심사 보는 거야? 나도 열심히 꼭 승품 심사에서 품띠를 딸게. 엄마도 꼭 열심히 해서 심사 통과 해야 돼!"라고 나를 응원해주었다. 나를 지지해주는 아이들에게 말할 수 없는 고마움을 느끼는 동시에 지난날의 미안함에 가슴이 미어지는 순간이었다. 엄마를 배려해주는 아이들의 마음이 헛되지 않게, 이제는 멋진 엄마의 모습을 보여줄 수 있게 정말로 열심히 해야겠다고 굳게 다짐했다.

다음날 센터에 간 나는 원장 선생님과 캐리 선생님에게 조심스레 상담을 청했다. 그들은 내가 가고자 하는 길을 먼저 걸어가 본 만큼, 내가 꿈을 이루는 그날까지 든든한 조력자가 되어 주겠다고 응원을 아끼지 않았다. 그렇게 나는 생활체육지도자 과정 교육생이 되었다. 그리고 '루나'라는 새 이름을 얻게 되었다.

취미로 즐겁게만 하던 운동은 교육생이 되자 훨씬 강도가 높아졌다. 본래 하던 아침, 저녁 두 타임 수업과, 매주 정해진 개인 연습 시간, 캐리 선생님과의 일대일 레슨까지 아이들을 학교에 보내고 나면 귀가 시간 전까지 온전히 운동에만 매진하는 일정이었다.

교육생이 되고 나서 텔레비전을 보는 일이 거의 없어졌다. 저녁 운동이 끝나고 집에 오면 아이들과 저녁을 먹으며 대화를 하고, 학교 숙제와 준비물을 챙기고, 씻는 것을 봐주느라 금방 시간이 갔다. 그 이후엔 밤늦게까지 자격증 이론 공부를 했다. 그런 내 모습을 본 아이들은 엄마 공부할 때 나도 숙제해야지, 나도 책 읽어야지 하며 자연히 공부할 것을 챙겨 내 곁으로 와 앉고는 했다. 하루 몇 군데의 학원과 비싼 전집보다 훨씬 공부 효과가 좋았다. 역시 가장 큰 교육은 부모의 실천이라는 것을 깨닫는 순간이었다. 가끔 정신없고 피곤할 때도 있었지만 대체로 즐겁고 행복하고 감사한 나날이 이어졌다.

하지만 준비 과정이 순탄하지만은 않았다. 레슨 도중 무릎에 갑작스러운 통증이 느껴졌다. 처음엔 간단히 물리치료만 받았는데 아무래도 심상치 않아 정형외과를 방문했다. 무릎에 물이 찼다는 진단을 받았다. 관절끼리 마찰이 반복되면 몸에서는 관절을 보호하려고 액체를 분비시키는데, 지나치게 많이 분비가 되어 흡수가 안 된 채 남아있는 것이 흔히 우리가 관절에 물이 찼다고 표현하는 증상이다. 에어로빅스 동작은 기본자세를 잡을 때 힘 조절이 가장 중요하다. 그런데 요즘 빨리 안무 진도를 빼야 한다는 의욕이 앞서 무릎에 힘을 잔뜩 준 채 동작 완성에만 바빴던 것이 병의 원인이었다. 바운스로 착지를 해야 하는데 요령 없이 무릎 힘으로 쿵쿵 내려찍으니 무리가 가지 않을 수가 없었다. 물찬 무릎에 주사를 맞아가며 연습을 강행할 때마다 역시 모든 것은 기본을 잘 지켜야만 무너짐이 없다는 교훈을 다시 한번 되새긴다.

오늘도 바쁜 하루의 연속이다. 엄마로서, 아내로서, 며느리로서 내 손길이 닿아야 하는 일상의 여러 일을 해내며 운동, 연습, 레슨, 이론 공부를 한다. 단 하루도 쉬지 않고 열심히 달리며 일 년에 딱 한 번뿐인 시험 준비를 하고 있다.

힘들지 않다면 거짓말이겠지만 이제 나는 내일이 두렵지 않다. 내일 또 어떤 하루가 펼쳐질지, 합격 후엔 어떤 미래가 날 기다리고 있을지 기대와 희망이 내 안에 가득 들어차 있음을 느낀다. 스포츠 심리학에서 '자기 충족 예언'이라는 것이 있다. 어떤 기대가 실현될 것이라는 믿음을 갖고 그것을 실현시키기 위해 노력함으로써 결국 원래 기대를 현실로 실현시키는 것이다.

나는 지금 미래에 펼쳐질 루나로서의 새 삶을 기대하고 있다. 그래서 오늘도 나는 도전 중이다.

# 에필로그: 싱코페이션

'당김음'을 의미하는 싱코페이션. 에어로빅에서 말하는 싱코페이션은 2박자에 스트라이크 타임과 더블 타임이 함께 있는 것을 말한다. 스트라이크 타임은 한 박자에 한 동작, 더블타임은 한 박자에 두 가지 동작을 하는 것이다. 즉 스트라이크 타임과 더블타임이 함께 있다는 것은 한마디 안에서 정박으로만 동작을 하는 것이 아니라 동작을 리드미컬하게 빨리 당기거나 살짝 지연시키는 것을 포함한다. 정박의 규칙적 리듬에서는 안정감을 얻을 수 있지만 흥미는 다소 떨어진다. 싱코페이션은 이렇듯 불안정한 상태에서 오는 즐거움으로 춤을 더 세련되게 만들어준다.

이것은 마치 우리의 인생과도 많이 닮았다. 싱코페이션이 '살짝 어긋남의 미학'으로 에어로빅의 묘미를 살려 주듯이, 인생의 리듬에도 싱코페이션이 필요하다. 당시엔 돌이킬 수 없이 어긋나버린 것 같이 느껴지는 순간도 돌이켜보면 삶의 묘미를 끌어올려 줄 찰나의 엇박에 불과하다.

삶이 무기력하고 힘들어서 가만히 내게 주어진 시간을 견디는 것조차 힘들 때가 있었다. 나는 내 인생이 아주 끝나버렸다고 생각했다. 그때 나는 단 한 번도 해본 적 없던 에어로빅을 만났고, 에어로빅은 내 인생의 예상치 못한 변칙, 싱코페이션이 되었다. 그리고 그로 인해 내 인생은 활기를 되찾았다. 내가 에어로빅 동작 중 싱코페이션을 가장 좋아하는 이유는 아마도 이것이 나의 삶과 많이 닮아있음을 본능적으로 느꼈기 때문인지도 모르겠다. 이것을 깨닫는 순간 나는 다시 한번 엄마로서,

여성으로서, 한 인간으로서 성장했음을 확신한다.

춤을 추는 순간처럼 내 삶에 주어진 순간순간을 기꺼이 즐기며 살아가고자 한다. 필기시험부터 연수까지 아직 6개월 이상의 긴 시험 여정이 남아있다. '루나'라는 이름을 걸고 에어로빅스 강사로 설 수 있는 그 날을 위해, 아이들에게 지금처럼 에너지 넘치는 당당한 엄마가 되기 위해, 날 위해 주말부부를 자처하며 지지해주는 남편을 위해, 내 일을 자기 일처럼 가슴 아파하고 같이 울어준 우리 언니 가족을 위해, 첫 제자를 오롯이 키워내기 매 순간 애쓰는 캐리 선생님을 위해. 오늘도 나는 음악에 내 몸을 맡긴다.

제 2 장

# 딸, 엄마 되다

# 그리고, 다시 빈 무대_권소정

등장인물:

**나** - 권소정

**나의 엄마** - 임명숙

**나의 아들** - 배성주

**나의 딸** - 배효주

**그 외, 나의 아빠, 남편, 남동생**

(이 글에서는 조연이지만, 소중한 그대들에게 감사를 전합니다)

## 1막, 폭주 기관차

엔진이 고장 난 폭주 기관차처럼 달려왔다. 멈추고 싶어도 어느 순간이 되자 멈춰지지 않았다. 2012년 결혼을 하고, 2014년 첫 아이를 낳고 2017년 둘째 아이를 낳았다. 난 한 번도 쉬지 않는 기관차처럼 일하는 워킹맘이었고, 누구나 내게 '넌 모두 잘하고 있다'고 말해주었다. 나도 그렇게 믿었다. 하지만 2019년 겨울 '모든 게 잘못되고 있음'을 알게 되었다.

내 남편은 잘생기고 진실했지만 가난한 배우였고, 난 사랑(만)으로 결혼을 했다. 아무것도 없이 시작했지만 난 솔직히 자신이 있었다. 그동안 내 일생을 돌이켜 보면 도전과제 중, 80% 정도는 성취했다고 믿었기 때문이다. 지금에서 돌아보면 난 매우 부정적인 결과도 긍정적으로 해석해 낼 만큼 순진하고 씩씩하고 도전적인 여자였다. 그래서 결혼을 해서 남편과 맞춰 사는 일도, 아이를 키우며 워킹맘으로 사는 일도 그동안의 '8할 성공률' 법칙에 따라 잘 되리라 생각했다. 그때 왜 난 몰랐을까? 그 선택의 성공률은 내가 죽어야 나올 만큼 오래 걸린다는 것을, 적어도 한 남자와 40년~50년 이상을 잘 살아야 하고, 내가 나은 자식은 내가 내 자식의 이름을 기억하는 순간까지 책임져야 한다는 것을. 그것이 얼마나 많은 인내와 고통을 견뎌야 하는 일이었음을, 정말 중요하고도 중대한 선택이었음을.

2014년 첫 아이를 낳고, 누구나 힘겹게 버텨야 하는 육아 초기의 시간은 어떻게든 버티면 시간이 해결해 준다고 믿었기 때문에 희망이 있었다. 그런데 문제는 점점 프리랜서로 일이 많이 들어 오면서부터였다. 물이 들어올 때 열심히 노를 젓듯 나에게 들어오는 일들을 거절하지 않았다. 나의 한계를 시험하고 싶은 도전 의식도 있었다. 그때 마침 전 재산을 털어 야심 차게 투자한 배우 남편의 작은 카페도 망해버려 생활비도 없는 상태였다. 둘째를 낳기 일주일 전까지 일하고, 둘째를 출산 후 100일 된 아기를 어린이집에 맡기고 다시 일터로 나갔다. 밤새 수유를 하고 졸린 눈으로 3개월 된 둘째를 어린이집에 맡기고 출근을 할 때면 육체적으로 힘들었지만, 내 스스로에게 그렇게 말했다. '그래도 안 굶어 죽고 일할 수 있는 게 어디야!', '좋은 나라에 사는 덕에 한 살 아기도 어린이집에 맡길 수 있고.', '괜찮아 너만 잘 견디면 돼.', '잘 할 수 있어, 넌 권소정이잖아.'

'매일 집에 빨래가 쌓여있는 것, 아이들의 어린이집 준비물을 빼먹는 것, 아이들 또래의 엄마들과 어울릴 수 없는 것'의 문제가 아니었다. 2019년 정확히 난 과.로.사. 할 뻔했다. 눈이 어느 순간 잘 보이지 않았고, 두통과 메스꺼움을 느꼈다. 허리가 아파 앉아 있을 수 없었고, 간혹 숨도 잘 쉬어지지 않았다. 잠을 자는 시간만이 유일한 휴식 시간이었는데. 잠자리에 누우면 몸이 심하게 떨리고 내일을 위해 자야 한단 생각에 오히려 불면증에 시달렸다. 결국, 정신과에서 수면제 처방을 받아야 했다. 난 멈춰야 한다는 걸 알고 있었다. 당장 멈추지 않으면 큰일이 일어날 수 있겠다는 생각이 들었다. 하지만 당장 내 손으로 무엇 하나 끝낼 수 없었다. 프리랜서인 나에게 10년 만에 찾아온 기회들, 불안한 미래를 위해 벌어야 하는 돈, 여자의 손길이 필요했던 최소한의 살림, 그리고 무엇보다 본능적으로 발동하는 어미가 자식을 위해 쓰는 모성의 시간, 그 무엇 하나 포기할 수가 없었다. 하지만 어느 순간 그 모든 것이 내게 고통이 되고 있음을 느꼈다. 폭주 기관차 밖 삶의 아름다운 순간순간들이 아무런 의미 없이 스쳐 지나가고 있었다.

그때 난 한 통의 전화로 스스로는 멈출 수 없었던 폭주 기관차의 브레이크를 밟아야 했다.

## 2막 1장, 엄마도 아플 수 있다.

2020년 10월 6일, 남동생의 다급한 전화 이후 내 삶의 모든 것은 달라졌다. 엄마는 췌장암 말기였다. 발견했을 때 어떤 수술과 조치가 불가능한 상태였다. 엄마는 1년 반 동안 이유 없는 식욕부진과 설사, 몸무게 감소, 불면이 있으셨다. 병원을 무수히 다니셨지만, 원인을 찾아낼 수가 없었다. 2년간 나왔던 병명은 '과민성 대장 증후군'이었다. 사실 엄마의 상황이 이렇게 심각할 거라는 건, 아빠도, 남동생도, 나도, 엄마 본인조차도 알지 못했다. 엄마는 울산시 복지 여성 국장으로 근무하시던 시절, 자신이 추진하여 건립했던 울산 대학교 암센터와 하늘 공원에 자신이 이렇게나 일찍 가게 될 줄 상상이나 했을까?

돌이켜 보면 엄마는 '이미' 많이 아팠다. 2020년 8월 초 온 가족이 친정집을 방문했다. 항상 딸이 온다면 부산을 떨며 이것저것 장을 보시고, 음식을 준비하시던 엄마였다. 그런데 그때 집에 먹을 게 없어 나의 아이들과 나는 참치 통조림과 라면, 배달 음식으로 끼니를 때웠다. 엄마는 온종일 소파에 힘없이 누워 웃고만 계셨다. 그때 난 몰랐다. 엄마가 죽을 만큼 아픈 병에 걸렸다는 것을, 나의 첫째 아들 '성주'가 태어나고 할머니가 된 지 이미 7년이나 되었다는 것을,

"엄마, 항상 마음을 편하게 해요. 일 못 하게 되면 우리 집에 와서 같이 나랑 놀면 되지. 이 기회에 손자 손녀랑도 좀 친해지고. 늘 긍정적으로 생각합시다. 다 마음의 문제니깐!" 그러고는 내가 먹던 수면제 몇 알을 건네 드렸다. 다음 날 아침 엄마는 "네 덕에 1년 만에 숙면했다."라며

고마워하셨다. 난 아무렇지 않게 친정을 떠나 다시 집으로 돌아왔다. 그런데, 집에 도착해 캐리어를 내려놓는 순간! 갑자기 다리에 힘에 풀리며 거실 바닥에 주저앉아 한참을 울었다. 성주가 물었다.

**나의 아들: 엄마, 왜 울어?**
**나: 할머니가 너무 아파서 마음이 아파**

이젠 엄마가 할머니가 되어버렸다. 딸이 와도 몸이 불편해 소파에서 몸을 쉬는, 늘 딸에게 해주던 오이지 반찬이 너무 짜 버려진, '할머니'가 된 것이다. 엄마가 이렇게 갑자기 할머니가 될 줄 몰랐다. 그날 난 엄마가 할머니가 되었다는 사실을 받아들이기 위해 한참을 목놓아 울었던 것 같다. 딸이 엄마가 되고, 엄마가 할머니가 되는 것은 당연한 일인데, 왜 그렇게 내 눈에선 잠글 수 없는 눈물이 흐르던지.

내가 울던 그날 밤 성주, 효주도 내가 우는 모습에 충격을 받은 것 같다. 요즘도 내가 조금만 슬픈 표정을 지으면 지레 "엄마 울 거야? 울면 안 돼!"라고 말한다. 그리고 내가 곧장 "엄마가 왜 울어!"하고 웃어주면, 아이들은 세상에서 가장 행복하고, 씩씩한 아이들이 된다.

우리 엄마가 진짜 할머니, 그것도 몸이 아픈 할머니가 되었다고 인정한 후, 난 하루도 빠지지 않고 두 달 동안 엄마에게 전화했다. 병명을 찾지 못하고 계속 살이 빠져 그 좋아하던 목욕탕도 안 가시고, 피부에 윤기가 없어 푸석해져 버린 엄마에게 참 많은 말을 했더랬다. "엄마 밥은 드셨어요? 안 넘어가도 꾸역꾸역 먹어야 해요. 의사가 뭐래요? 엄마 내

과를 바꿔 보는 건 어때요? 혹시 마음이 너무 힘들면 정신과 상담 한번 가요. 엄마 조금씩 운동도 해야 돼요. 너무 무리하지 말고, 마음을 편하게 가져요. 그동안 해 온 일들 글로 써보는 건 어때요? 엄마 우리 내년 봄 되면 꼭 여행가요!"

난 그때까지도 엄마가 어렵게 찾아낸 병명이 '췌장암'일 거라고는 상상하지 못했다. 아주 조금도 내년 봄 엄마가 내 곁에 없을 것이라고는 생각하지 못했다. 엄마와의 마지막이 그렇게 성큼 와 있음을 알지 못했다. 엄마의 진짜 병명을 내 귀로 확인하는 순간, 못나고 무심한 딸인 나 자신이 죽이고 싶을 만큼 원망스러웠다.

## 2막 2장, 엄마! 정말 행복했어요?

엄마는 지금의 일산에 있던 깡촌에서 태어나셨다. 서울여상을 아주 우수한 성적으로 졸업하고, 현대중공업에 22살에 입사해 능력을 인정받아 영국 해외 지사로 파견받게 된다. 1970년대 중반 한참 중공업이 해외 계약을 따내고 무수한 영문 계약서를 작성하는 시기였는데, 그 모든 계약서를 엄마가 타이핑했다고 한다. 현대중공업에 'delete'가 가능한 타자기는 한 대뿐이었는데, 그 타자기를 엄마 전용으로 주었을 정도이니 그 당시 회사에서 매우 촉망받는 여성이었던 것은 확실한 것 같다. 엄마의 삶은 당시 같은 회사 내의 해외 영업부에 근무하던 청년(나의 아빠)과 결혼하며 많이 변한 것 같다. 그 당시의 여자들이 그랬던 것처럼 엄마는 회사를 그만두고 주부로서 살림과 육아에 전념하였다. 하지만 아무리 감추어도 언젠가는 날카로운 송곳이 주머니를 뚫고 나가듯, 1996년도 올해 내 나이와 같은 41살에 울산 지방 자치 의회 홍일점 여성 시의원으로 당선되었다. 15년 정도의 경력 단절 후, 다시 자신의 전공과는 무관한 분야로 다시 일하게 된 것이다. 다시 15년 만에 일을 시작하시고, 췌장암 판정을 받기 하루 전까지도 일을 하실 만큼 울산에서 가장 바쁘고, 인정받는 여성 정치인이자 공무원으로 살아오셨다. 참 즐겁고도, 행복하게 인생을 살아오셨다. 그렇게 생각했다. 엄마가 돌아가시기 전까진 그렇게 생각했다. 엄마가 아닌 '내가' 그렇게 생각했다.

엄마가 돌아가신 후, 엄마가 몰던 차를 내가 가져왔다. 엄마는 기도할 시간이 따로 없으니 하루도 빠지지 않고 차 안에서 출퇴근을 하며 통성기도(소리를 내어 기도하는 것)를 한다고 하셨다. 매일 왕복 1시간 정도에 10년을 타셨으니, 어림잡아 3600시간의 눈물의 기도! 엄마의 정성과 혼이 담겨있는 공간이었다. 난 요즘 이 차를 몰고 일터를 오가며 엄마에게 하루에 있었던 일들을 이야기하기도 하고, 답답한 일이 있으면 하소연을 하기도 한다. 혼자 이 차에서 미친년처럼 웃고, 울며 온갖 청승을 떤다. "엄마. 인생이 왜 이렇게 힘들어요? 애들은 언제쯤 알아서 먹고, 알아서 자나요? 남편들은 어찌 자식보다 더 말을 안 들어요? 평생한 남자랑 사는 게 가능해요? 엄마는 하루도 안 쉬면서 일했는데, 진짜 괜찮았던 거 맞아요? 엄마 정말 행복했어요? 그렇게 행복했는데 왜 그렇게 아팠어요?"

사실 생각해 보면, 엄마의 삶도 평탄치는 않았다. 결혼 당시 대기업에서 능력이 출중했던 아빠가 엄마와 상의 없이 회사를 그만두신 후, 2년간 집에 계셨고 그 후 중소기업을 옮겨 다니며 회사 생활을 하다가 비교적 이른 나이에 집으로 들어오셨다. 사실상 엄마는 오랜 기간 우리 집의 경제적 가장이었다. 나와 남동생을 각각 부산과 서울에서 공부 시키느라 등록금, 자취 비용, 용돈을 대다가 허리가 휘었을 것이다. 엄마가 정계에 입문했던 지방 자치 초기 시절 시의원의 월급은 쥐꼬리만했으니까 아빠가 버는 돈을 합쳐도 만만치는 않았을 것이다. 집에 가스가 끊겨 엄마가 '카드 돌려막기'를 하고 있다는 이야기를 들었을 때도 난 대학 친구들과 연극에 심취해 밤낮없이 '청춘'을 살고 있었다. 그러는 사이나의 엄마도 '엄마'라는 엄청난 무게의 두 글자를 살아내느라 매우 고단했을 것이다. 하지만 한 번도 엄마는 삶의 무게를 자식들에게 보여주지도, 나눠주지도 않았다. 엄마는 늘 밝았다. 엄마의 어두운 면을 보지 못했다. 아니, 보고 싶지 않았을지도 모른다. 한낮 가련한 인간이었을, 그 작디작았던 여자에게 뒤늦은 질문을 한다.

**나: "이 고된 생을 어찌 이겨 내셨어? 엄마, 정말 행복 했던거 맞아요?"**

## 2막 3장, 뜻밖의 휴가

결혼을 하고, 두 아이를 낳고 '엄마'라는 이름표를 단 후, 한 번도 나의 엄마가 우선순위인 적은 없었다. 엄마는 워킹맘으로서 나의 삶을 누구보다 잘 이해하셨고, 엄마는 내가 아이들을 키우고 좀 더 여유로워지면 함께 하자고 하셨다. 엄마에게 늘 여행을 가자고 말했지만, 그 약속은 육아와 일에 밀려 늘 다음, 그다음의 다음이 되었다.

솔직히 결혼하고 엄마가 된 후, 나의 소원은 '마음껏'이었다. 1박 2일 마음껏 자보는 것, 하원 걱정없이 마음껏 일해 보는 것, 왜 맛집인지 음식을 마음껏 먹어보는 것, 친구들과 밤새 마음껏 수다를 떨어보는 것이었다. 엄마에게 무언가를 '마음껏' 한다는 것은 정말 불가능하고 무책임한 발언일까? 나의 오감의 자유를 찾고, 세속적 쾌락을 조금이라도 누리는 것은 사치일까?

누가 하지 말라고 한 것도 아니었다. 하지만 난 늘 자유로울 수 없었다. 친구들과 어렵게 만나 소주 한잔을 목구멍에 넘길 때면, 갑자기 울고 있을 내 아이 얼굴이 떠올랐다. 마치 공포 영화의 인형처럼 불쑥! 다음 장면은 어쩔 줄 몰라 곧 깨져 버릴 것 같은 남편의 얼굴이 클로즈업된다. 그렇게 나의 영화는 늘 클라이맥스를 맞지 못하고 갑자기 끝나버린다. 엄마가 되는 순간 '남편과 아이'는 나의 모든 자유로운 순간의 제어 기제가 되었다. 누가 시킨 것도 아니고, 내가 좋아서 선택한 것임이 분명한데, 어디에 원망할 곳도 없으면서 나는 늘 화가 나 있고, 땅을 치며 후회하기도 했다. 그리고 나는 지쳐 있었다.

아이러니하게도 엄마가 많이 아프고 나서야 난 스스로에게 온전히 멈추고 쉴 시간을 줄 수 있었다. 매우 갑작스럽게 내게 주어진 휴가였다. 언제 끝날지도 모르고, 계획도 없는 불안한 휴가였다. 2020년 10월 5일 남동생의 전화를 받고, 그 다음날 직장에 가서 사정을 말하고, 엄마가 있는 울산 대학교 병원으로 가기 위해 기차역을 향했다. 기차 안에서 핸드폰 검색창에 난생처음으로 '췌장암'을 검색하며, 그 재수가 없는 '췌장'이란 놈이 등에 딱 붙어 있는 기관이라는 것과 그래서 수술이 불가능하다는 것, 그리고 엄마가 살 확률이 7% 정도밖에 되지 않는 것을 알게 되었다. 마스크 안에서 눈물, 콧물이 뒤범벅되는 데도 마스크를 벗을 수 없었다. 그날 기차에서 미리 흘린 눈물이 너무 많아서인지 엄마가 돌아가시기 전까지 난 엄마 앞에서 한 번도 울지 않았다.

우선 엄마를 만나 제일 처음 무슨 말을 해야 할지 고민했다. 잘 떠오르지 않았다. 그렇게 병원에 도착해서도 코로나로 엄마를 만나는 것 자체가 쉽지 않았다. 일체 면회 금지에 환자의 보호자는 1명으로 제한되어 있었기에. 그렇게 긴 시간을 지나 엄마를 만났다. 엄마의 눈에는 많은 소회가 담겨 있었지만, 웃으며 날 맞아주셨다. 엄마가 웃으니 나도 웃었다. 말없이 엄마의 손을 잡고 엄마의 눈을 바라보았다. 난 금방이라도 눈물이 쏟아져 나올 것 같았지만 엄마가 먼저 내게 말했다. "소정아! 엄마 잘 이겨낼 거야. 암이라는 녀석이랑 친해져서 잘 다독이며 함께 살아보려고. 너도 힘내!" 그때 난 생각했다. '저리도 사시려는 의지가 있는데. 왜 난 엄마의 죽음을 당연하다고 생각했을까? 그리고 그 췌장암의 7% 기적이 엄마에게 해당되지 말라는 법은 없잖아!'

그날부터 난 약 한 달간, 동탄과 울산을 왔다 갔다 하며 엄마와 제대로 된 휴가를 보내기로 마음먹었다. 기차에 탈 때마다 엄마가 좋아하는 차와 음식, 병원복에 어울릴 스카프와 머리띠를 챙기고, 함께 얼굴에 붙일 마스크 팩을 골랐다. 엄마는 딸이 오는 날만 손꼽아 기다렸다. 기차에 오를 때면 이틀 동안 육아에서 벗어나, 딸로서 온전히 엄마와 있을 수 있다는 생각에 설레기까지 했다. 그렇게 엄마와 보낸 한 달 반 정도의 시간은 내게 큰 휴식이자 엄마와 마지막 추억과 대화를 나눌 수 있는 행복한 시간이었다. 대부분은 병실에서 보내야 했지만, 엄마와 난 병실 밖에 보이는 울산 방어진 바다의 풍경을 보며 "오션뷰 호텔에 왔다고 생각하자" 했다. 엄마는 겨우겨우 그렇게 1차 항암을 마치셨다. 그리고 일주일 뒤 내가 다시 그 호텔로 간 날 새벽, 엄마는 암이 뇌로 전이되어 급성 뇌경색이 왔고, 더 이상 움직이실 수 없게 되었다. 주치의는 더 이상 치료를 하는 것은 의미가 없을 것 같다고 했다. 우리 가족은 생전 엄마의 뜻대로 연명 치료서에 반대 싸인을 하고, 어머니를 병원 내 호스피스 병동으로 옮기기로 했다.

## 2막 4장, 호스피스 병동에서

책에서나 봤던 호스피스 병동이었다. 호스피스 병동은 말 그대로 적막하였다. 그 적막함이 때론 평온하다가도, 끊어질 듯한 가족들의 울음소리가 들릴 때면 그곳이 죽음과 가장 가까이 닿아있는 공간임을 실감하게 되었다. 호스피스 병동에 있을 때 가끔, 때론 시도 때도 없이 아름다운 멜로디의 음악이 흘러나왔다. 나는 간호사에게 그 음악이 무엇이냐 물었고, 간호사들은 "산부인과에서 아기가 탄생할 때 나오는 음악이에요!"라고 말했다. 죽음과 탄생이 한 병원에서 시도 때도 없이 일어나는 걸 보며 참 많은 생각을 했다. 결혼을 하고 아이를 낳고 정신없이 살며, 난 '생각이라는 것을 할 생각'이 없었다. 그런데 적막한 호스피스 병동은 참 이런저런 생각을 하기 좋았다. 아니 삶에 관련한 오만팔만 가지 생각이 절로 들었다. 특히 죽음의 문턱까지 온 사람들과 그들이 겪는 고통과 그 옆을 지키는 가족들 혹은 가족을 대신하는 간병사들을 보며 '나는 어떻게 죽게 될까? 내가 죽을 때 내 곁엔 누가 있을까? 내가 지금 당장 눈을 감는다면 행복할까? 후회 없는 삶을 살기 위해 앞으로 어떻게 살아야 할까?'를 무수히 물었던 것 같다.

그리고는 답을 찾을 수 없어 어눌하게라도 말을 할 수 있었던 엄마에게 매우 애타게 때론 장난스럽게 여러 번 물어봤더랬다. "엄마 나에게 할 말 없어? 꼭 해줄 말 같은 거 없냐구요? 혹시 숨겨둔 재산이라든가?" 하지만 엄마는 나에게 어떤 특별한 말을 하지 않으셨다. 죽어가는 엄마가 딸에게 무슨 말을 하면 그것이 유언이든 비수든 딸의 가슴에 영원히

꽂힐 것을 알기에 그러셨던 것 같다. 엄마가 내게 해준 말이라고는 이 한마디뿐이었다.

**나의 엄마: 난 너 걱정 안 해. 그냥 천천히 살어, 너무 아둥바둥 하지 말고**

'천천히 살라'는 엄마의 말은 엄마가 시크하게 남긴 몇 개 안 되는 유언 중 하나였지만 내 마음에 큰 파동을 일게 했다. 나는 세상의 속도가 아닌 나의 영혼의 속도에 맞춰 내 삶을 살아가야겠다는 중대한 결심을 하게 되었다. 그동안 내 욕심으로 벌여 놓았던 일들, 내게 불편했던 관계들을 끊어내기 시작했다. 무슨 일을 할 때도 먼저 내 마음에 '너 행복해? 너 욕심 아니야?'라고 묻게 되었다. 갑작스러운 시련은 의외의 축복이 되기라도 하듯 내가 즐겁거나 행복하지 않은 일은 절대 하지 않고, 눈치 보지 않고 내려놓을 수 있게 되었다. 조그만 일도 거절하지 못해 안절부절못하던 나였는데 기적 같은 변화였다.

그러면서 자연스럽게 육아에서도 마음이 한결 가벼워졌다. 내가 원하는 만큼 아이들이 자라주지 않아도, 내가 엄마로서 완벽하지 않아도 그냥 있는 그대로에 감사하는 마음이 생겼다. 나의 영혼에 방향과 속도가 있듯이 성주, 효주에게도 각자 영혼의 방향과 속도가 있음을 인정하게 되었다. 참 신기한 변화이다. 엄마가 내게 마지막까지 어떤 강요도 하지 않았던 것처럼 나도 아이들에게 어떤 강요도 하지 않을 생각이다. 물론 나의 각오는 이틀에 한 번꼴로 무너지고 있지만, "야! 너희 빨리 안 할 거야!?"라고 여전히 버럭버럭하는 엄마지만, 내 마음에 이유 없이 나 있던 화는 신기하게 사라져 버렸다.

1달간 호스피스 병동에서 아이들과 떨어져 살며, 아이들과 붙어있을 때보다 아이들을 더 생각했던 것 같다. 아침에 일어나 하루하루 옅은 숨이 붙어 있는 엄마를 보며, 엄마와 나 그리고 남편과 성주, 효주 모두가 빠짐없이 숨이 붙어 있다는 것이 '기적'임을 깨달았다. 내가 없어도 하루하루 멀리서 아빠와 고군분투 살아가고 있을 내 아이들이 '살아있다'라는 그 자체만으로도 감사했다. 더이상 바랄 게 없었다. 내 힘으로 눈을 뜨며, 내 손가락의 근육으로 핸드폰을 누르고, 영상 통화로 아이들의 얼굴을 볼 수 있다는 그 자체로 충분했다.

엄마의 옅은 숨이 끊어지던 그날 밤, 나의 딸 '효주'도 우연히 함께 임종실에 있었다. 엄마가 돌아가시기 10분 전 효주와 손을 잡았다. 엄마의 숨이 끊어지는 그 순간에도 4살 효주는 할머니에게 해맑게 물었다.

**나의 딸: 할머니 자는 거야?**

그 자리에 효주가 있어 우리 가족 모두가 엄마를 슬피 울며 보내지 않았던 것 같다. 엄마를 통해 이 세상에 나온 내가, 그리고 내가 낳은 딸 효주가 함께 이 순간을 함께 한다는 것은 슬펐지만 분명 아름다웠다. 그리고 엄마가 마지막으로 눈을 감기 전 효주에게 짓던 희미한 미소를 잊을 수가 없다. 요즘도 효주는 나에게 종종 "할머니 지금도 아파서 병원에서 자?"하고 묻는다. 그럼 난 효주에게 말한다. "할머니 이제 다 나아서 하늘나라에 가셨어. 거기서 즐겁게 지내시지. 효주야 우리도 할머니 처럼 즐겁게 살자!"

# 3막 1장, 물이 흐른 자리

내 기억으로 엄마는 나를 키우고 가정주부를 하던 시절, 다시 나의 재능을 발휘해 일해야겠다거나, 자신의 사회적 성공을 갈망하던 스타일의 여성은 아니었다. 단지 자신에게 주어진 상황을 진심으로 즐기고 하루하루를 즐겁게 살아가는 '맘 편한 스탈'의 엄마였다. 정치에 입문하게 된 계기도 어떤 계획으로 이루어진 것은 아니었다. 당시 엄마는 교회를 다니며 진심으로 환경 문제에 눈을 떴고, 교회 안에서부터 작은 환경 운동 캠페인을 시작해 가셨다. 엄마는 환경 운동에 관련한 문구나 카피를 만드는 일을 참 잘하셨다. 또 그때쯤 현대중공업의 주부 기자단으로 활동하셨는데, 그 일을 통해 지역의 현안이나 문제에 관심을 가지게 되신 것 같았고 자기 생각을 기사로 쓰면서 자연스럽게 '글을 잘 쓰는 동네 아줌마'로 소문이 나기 시작했다. 지방자치제의 도입과 함께 새로운 여성 정치인을 발굴하는 과정에서 엄마의 제2의 인생이 자연스럽게 시작된 것이다. 모든 게 물 흐르듯이 자연스럽게 말이다. 엄마는 항상 그랬던 것처럼 출마 제안이 왔을 때 어떠한 사심 없이 자신의 운명을 즐겁게 받아들이는 것 같았다. 엄마가 정치 세계에 뛰어들며 여기서는 다 말할 수 없는 무수한 시련과 좌절을 순간 겪으셨지만, 엄마는 그때마다 매우 자연스럽게 그 운명을 받아들이고, 단 한 순간도 자신의 선택과 삶을 비관하지 않으셨다. 늘 인생을 즐겁고 힘차게 살아가셨다. 난 속으로 '엄마 정도의 사회적 성공이면 나도 행복할 것 같다' 생각하기도 했지만, 솔직히 엄마의 삶의 태도가 죽음의 순간까지도 물이 흐르듯 매우 자연스러움에 그리고 매우 유쾌함에 놀랐다.

엄마는 급성 뇌경색 이후, 침대에만 누워 계시면서 의식이 거의 없는 상태에서도 유머 감각을 잃지 않으셨다. 보통 일반적으로 젊은 사람이 죽음을 앞두고는 못 하던 욕도 많이 하신다던데 엄마는 그렇지 않았다. 돌아가시기 전까지 가장 많이 한 얘기가 농담을 던진 후 "나 웃기지?"라고 되묻는 것이었다. 건강하실 때도 참 긍정적이고 유머러스한 사람이었는데, '자신이 죽어간다는 것을 아는 순간까지도 주변을 밝게 만들 수 있는 마음과 여유는 어디에서 오는가?'라는 생각이 들 정도였다.

하루는 엄마가 우리에게 펜과 종이를 달라고 하셨는데, 『암 환우들을 위한 바자회』라고 적으시고는 모금을 할 방법과 행사 식순, 역할 분담, 그리고 행사에 필요한 음식까지 적으셨다. 그러면서 나에게 꼭 '떡은 팥설기와 호박설기 그리고 함께 먹을 물김치'를 준비하라고 하셨다. 물론 글씨는 삐뚤어지고, 말은 어눌했지만, 엄마는 건강했을 때처럼 인생을 의미 있게 즐기고 계셨다. 죽음 앞에서도 자신의 인생을 즐기는 삶의 자세는 삶의 마지막에서 오는 갑작스러운 변화가 아닌, 엄마의 인생을 통해 엄마의 몸에 밴 습관이었다.

엄마는 그렇게 의식이 닿을 때까지 우리와 자신이 좋아했던 팝송 '카펜터즈' 음악과 찬송가를 들으셨다. 남동생과 내가 엄마를 웃기려 걸그룹 음악에 맞춰 춤을 출 때, 감각이 남아 있던 오른쪽 손가락을 움직여 함께 춤을 추셨다. 그렇게 한 달 정도 지났을 때, 엄마는 아무것도 드실 수 없었고, 점점 의식이 흐려지고 눈을 뜰 힘조차 없으셨다. 언제 돌아가셔도 이상하지 않은 상태였기에, 우리는 혹시 유언 같은 말이 나올까,

엄마가 조금 입을 열기라도 하면 핸드폰의 녹음기를 켰다. 엄마는 그때마다 5초의 정적 후 토크쇼의 진행자처럼 "하루만 더 기다려줘, 내일 오후 2시에 이야기할게"라고 말하셨다. 어차피 우린 살면서 많은 대화를 나누었고, 서로의 생각을 잘 알기에 애써 말씀하시지 않은 것 같다. 엄마는 마지막 순간까지 모르핀을 맞으며 "괜찮다."라고 말하셨다. 엄마는 말하지 않았지만, 마지막까지 삶과 죽음을 대하는 태도로써 우리에게 모든 것을 이야기하셨다.

삶과 죽음의 순간에서까지 일관성 있게 보여줬던, 삶을 감사하고 유쾌하게 대하는 태도에 딸이라는 관계를 떠나서도 한 인간으로서 깊은 존경심을 품게 되었다. '엄마는 어떤 마음으로 고단한 현실을 '감사'로 이겨낼 수 있었던 것일까?'를 묻게 되었다. 확실치는 않지만 난 그 해답은 '대단한 목적 없이 삶을 흘려보내는 것'이라는 생각이 들었다. 미리 자신이 그려놓은 길이 아닌, 살면서 우연히 마주친 길에도 당황하지 않고, 두려워하지 않기로 했다. 그리고 그 길의 풍경을 찬찬히 눈에 담으며 걸어 보기로 마음 먹었다. 그 길의 목적지가 어디인지 예상하는 데 시간을 쓰기보단, 그 길에서 만나는 꽃과 나무와 바람에 내 시간을 쓰리라 마음먹었다.

물이 물길을 따라 제 몸을 거스르지 않고 자연스럽게 흐르듯이, 물길의 속도와 방향에 제 몸을 맡기는, '물'처럼 살고 싶다. 그렇게 자연스럽게 나로, 여자로, 그리고 엄마로 살고 싶다. 물이 흐른 자리의 모습처럼 내가 흐른 자리의 흔적이 참 '자연스러웠으면' 좋겠다.

## 3막 2장, 난 어떻게 살 것인가?

그동안 결혼을 하고 아이들을 낳고, 일하며 몸과 마음이 지쳤다. 하루도 마음이 편할 날 없이 하루하루가 전시 상황처럼 느껴졌고, 긴장하며 살아왔다. 하지만 엄마의 죽음으로 잠시 그 전쟁을 강제적으로 휴전시키며 누더기가 된 나의 심신을 보았다. 가장 외롭고 고독한 순간에 서 있는 나를 보고 있자니, 신기하게도 내가 조금씩 '영글어 짐'을 느낀다. 자신이 만들어 놓은 삶의 틀에 자기를 애써 구겨 넣지 않아도 되는 것, 인생을 그리 심각하게 받아들이지 않는 것, 스스로를 벼랑 끝으로 내몰며 살 필요가 없다는 것을 전심으로 깨달았기 때문이다. 인생에서 우연히 찾아오는 슬픔을 두려워하지 않으며, 그 슬픔이 나의 많은 것을 가져갈지라도, 나에게 다시 일상의 기쁨을 누릴 정도의 힘은 항상 남아 있는 것을 믿는다.

난 그동안 삶의 고통과 죽음에 대해 자주 지인들과 이야기하고, 강의해 왔다. 하지만 나와 내 가족의 죽음에 대해서 나의 상상력을 조금도 발동시키고 싶지 않았다. 너무 두려웠기 때문이다. 엄마의 죽음으로 난 죽음이란 것이 늘 내 삶 가까이에 있음을 알게 되었다. 좀 더 정확히는 누구도 나의 내일을 보장할 수 없고, 내게 주어진 것은 오늘뿐이라는 것을 절실히 자각했고, 그러한 인생의 불확실성과 유한성은 슬픈 일이 아니라 매우 다행인 일이라는 것도 알게 되었다. 또한 아침에 눈을 뜨는 것, 매일 평범한 일상을 반복할 수 있는 것이 쉬운 일이 아님을 알게 되었다. 엄마가 나에게 주고 간 가장 큰 선물은 그것이었다.

'인생의 가장 평범한 순간들을 가장 즐겁게 느끼는 법!'

특히나 육아와 일을 함께했던 치열했던 인생 전체를 놓고 보며 매우 짧은 순간이라는 것을 알게 되었다. 내가 엄마의 병간호와 슬픔으로 방황하는 사이, 아이들은 우려와는 달리 건강히 쑥쑥 자라 있었다. 자주 준비물을 빼먹었고, 배달 음식으로 집에 증정용 콜라가 가득가득 쌓였다. 하지만 아이들은 아빠와 추억을 쌓으면서 잘 성장해 주었다. 성주는 어느새 초등학교 입학을 했고, 효주는 오랫동안 못 가리던 대소변도 알아서 한다. 그렇게 나도 아이들도 조금 더 여유로워지고, 자유로워졌다. 내가 잠시 방황한다고 해서 아이들에게 큰 일은 일어나지 않는다는 것을 알게 되었다.

내가 앞으로 계속 일하는 엄마일지, 아닐지는 나도 잘 모르겠다. 그리고 그것은 크게 중요한 문제가 아닐 것 같다. '엄마'라는 이름은 나를 표현하는 단어 중 하나일 뿐이다. 결국 자신의 이름을 잃지 않고 살아가는 것, 바쁜 와중에서도 최소한의 시간을 남겨 자신을 위한 '자유의 기쁨'을 느끼며 살아가려 한다. 내 아이들을 위한 노력도 내가 '엄마로서 희생한다'라고 생각할 때는 매우 힘이 들었다. 하지만 이것을 내 삶의 다양한 경험과 추억을 만드는 일로 생각한다면 절대 괴롭지 않다는 것을 알게 되었다.

난 요즘 10년 넘게 하던 일을 잠시 중단한 상태이다. 그리고 프리랜서로서 불규칙한 생활들을 정리하고 매우 일정하게 일어나고, 먹으며 몸과 마음의 건강을 회복 중이다. 요즘 아파트 아줌마들 사이에서 내가 살이 빠진 것이 꽤 화제가 되고 있다. 그동안 육아를 핑계로 읽지 않았던 독서와 일기 쓰기도 시작하였다. 매일 아침 예쁜 접시에 건강한 재료로

브런치를 만들고, 신선한 커피를 내려 마시는 여유도 잊지 않는다. 난 요즘 나의 생활이 매우 만족스럽다. 물론 예전보다 나를 돌보느라 아이들을 자유롭게 방치(?)하고 잔소리는 줄었지만, 아이들과 함께 노는 시간만큼은 예전보다 더 따뜻하고, 즐겁게 보낼 수 있게 되었다. 아팠던 엄마가 웃으면 그냥 나도 웃었던 것처럼, 내가 예전보다 많이 웃으니 아이들도 많이 웃게 되었다.

앞으로도 일을 계속하고 싶은 마음이 크다. 하지만 일도 최소한 나를 지킬 수 있는 범위 내에서 적당한 시간을 들여서 하고 싶다. 그리고 내가 즐길 수 있는 재미있는 일만 골라서 할 것이다. 물론 예전보다 수입은 적어지겠지만, 이젠 일상에서 돈을 많이 들이지 않고도 '값싸게 즐거움을 얻는 다양한 방법'을 알 것 같기 때문이다.

이 글을 읽는 사람들이 대부분은 아이를 가진 엄마들이라 생각한다. 워킹맘일 수도 있고, 전업맘일 수도 있고, 그 사이에서 어찌할지 고민하는 엄마일 수도 있다. 그대들이 무슨 선택을 하고, 어떠한 삶을 살든 진심으로 응원을 보낸다. 다만 어떠한 경우라도 그대들이 누릴 수 있는 자유와 고유한 자신의 매력을 잃지 말고, 하고 싶은 모든 일을 도전하길 바란다. 마지막으로 나의 하늘에 계신 엄마에게 감사함을 전하며 이 삶을 살아가는 모든 엄마들과 나의 엄마이자 한 인간으로 신나게 인생을 놀고 간 '임명숙'의 유언을 나누고 싶다.


**나의 엄마: 모든 것을 물 흐르듯 자연스럽게 받아들여라. 인생은 제법 신나는 것이다.**

## 불우했던 아이도 좋은 엄마가 될 수 있을까요

결혼이란 무엇일까? 매우 최근까지, 우리는 수능 시험을 치르고 대학을 졸업하고 취직을 하는 것처럼 결혼을 인생의 당연한 수순으로 여겨왔다. 평생 다른 삶을 살던 두 사람이 만나 하나의 가정을 이루는 일이 당연시 여겨져도 괜찮은 걸까? 어린 시절의 나는 자주 이런 의문을 가졌다.

나의 부모님은 내가 12살 되던 해에 전 재산을 끌어모아 가게를 차렸다. 그리고 그 가게로 인해 부모님의 사이는 완전히 틀어졌다. 매일 반복되는 일상과 휴식 없는 삶은 사람을 지치게 했고, 서로의 마음을 보듬어 줄 여유마저 앗아갔다. 엄마는 자신의 남편이 가정적이길 원했고, 아빠는 자신의 아내가 가게와 살림을 모두 잘 꾸리는 부지런한 사람이길 바랐다. 서로 배려하기보다는 배려받길 원했고, 이해하기보다는 이해받길 원했다. 그래서 싸움은 항상 도돌이표였다. 불만은 해소되지 못하고 쌓이기만 했다

우리는 가게에 딸린 지하실에 얇은 합판 벽을 세워 개조한 공간을 살림집으로 사용했다. 방음의 기능이라고는 전혀 없는 그 벽 너머에서 부모님은 매일 소리치며 싸웠고 급기야는 이혼을 외쳤다. 싸움은 일상이 되었고, 둘의 사이는 점점 더 악화되었다. 부모님은 싸울 때마다 나와

오빠를 불러 앉혀두고 자신들은 곧 이혼할 것이라고 말했다. 처음에는 우리에게 누구와 살 것인지 정하라고 했다가 시간이 지나면서 고아원에 가야한다고 말했다. 사춘기 예민하던 시절의 나에게 이제 두 사람의 싸움은 익숙해지다 못해 지겨워진 상태였다. 나는 어느 날 부모님에게 이렇게 말했다. "오빠랑 나는 나이가 많아서 고아원에서 받아주지도 않아. 오빠랑 나랑 둘이서 잘 살테니까 이혼하면 생활비나 줘" 처음에 이 말은 들은 부모님은 당황해하셨다. 그러나 그것도 잠시였다. 부부 싸움으로 감정이 격해져 있던 부모님은 실언했다. "우리도 먹고살기 힘들어서 이혼하는 판국에 생활비는 무슨 생활비" 그 뒤는 잘 기억나지 않는다. 그러나 그때의 상황은 15년이 지난 지금도 잊혀지지 않는다. 지겹고도 서글픈 기억이다.

길고 긴 대치 끝에 부모님의 싸움은 소강상태에 접어들었다. 누군가의 승리가 아닌 포기였다. 상대를 포용하는 것이 아닌 외면이었다. 부모님은 행복해 보이지 않았다. 어느 날 엄마에게 물었다. "왜 아빠랑 이혼 안 해?" 엄마는 짜증 섞인 목소리로 우리 때문이라고 했다. 자식들에게 험한 꼴 다 보이면서 우리 때문에 참고 산다니. 난 그 말을 이해하기 어려웠다. 참고 살 만큼 자식들을 위했다면, 적어도 그렇게 매일 싸워대는 꼴을 보이지 않으려 노력해야 하는 것 아니냐 따져 묻고 싶었다.

어두컴컴한 지하실 탓인지, 부모님의 불화 때문인지, 사춘기 소녀의 예민함 때문인지 모르겠다. 중학생 시절 나는 한동안 밤마다 공포에 떨었다. 불을 끄고 누우면 누군가가 나를 쳐다보는 것 같았다. 두려움에 아예 잠을 자지 못하는 나날이 지속되었고 나는 누군가의 도움이 절실했다. 나의 이야기를 들어주고 매일 밤 나를 괴롭히는 공포로부터 나를 해방시켜 줄 사람이 필요했다. 참다못해 어느 날 혼자서 정신과에 가보았지만, 미성년자였던 나는 보호자 없이는 아무것도 할 수 없었다. 반복되는 괴로움이 제발 좀 사라졌으면 하는 바람으로, 엄마에게 용기를 내 정신과 상담을 받고 싶다고 말했다. 나는 당연히 엄마가 나를 병원에 데리고 갈 거라고 생각했다. 지금껏 신경 못 써줘서 미안하다 내게 사과하고 나를 안아주는 엄마를 상상해보기도 했다. 그러나 현실의 엄마는 당혹스러운 표정으로 내 부탁을 거절했다. 당신 딸이 정신병원에 들락거리는 것을 용납할 수 없는 듯 했다. 엄마는 "쓸데없는 소리 하지 마. 그런 데는 네가 가는 곳이 아니야. 시간 지나면 괜찮아져."라고 말했다. 엄마의 반응은 실망스럽기도 하고 허무하기도 했다.

어린 시절 엄마한테 가장 많이 들은 말은 "쓸데없는 소리 좀 하지 마"였다. 엄마 눈에 나는 별것 아닌 것에 상처받고 하나하나 따지려 드는 그런 애였다. 말하는 것을 좋아하는 나는 엄마와 함께 수다를 떨고 싶었다. 여느 모녀처럼 엄마와 가장 친한 친구 사이가 되고 싶었다. 그러나 당시 엄마에겐 그럴만한 여유가 없었던 것 같다. 하루 종일 진열대 물품을 정리하고 재고를 체크하느라 엄마는 늘 분주했다. 오늘 들여온 물건을 제때 팔지 못하면 전 재산을 걸고 차린 슈퍼가 빚더미에 앉을 판이었다. 종일 판매대에 선 채 계산기 두드리느라 바쁜 엄마에게 나의 고민은 철부지 어린 딸의 불평불만에 불과했다. 엄마의 고생을 모르는 건 아니었다. 다만 단 한 번도 어린 딸과 눈 맞춰줄 생각을 하지 않는 엄마의 야박한 마음이 참으로 야속했다. 아무렇지 않게 자식들에게 "너희 때문에 이혼 못 해."라고 내뱉는 엄마의 무심한 잔인함이 나를 슬프게 했다. 커다란 걸 바란 건 아니었다. 그냥 엄마에게 학교에서 있었던 일을 얘기하고, 사소하지만 그 나이 때엔 중요하게 여기는 그런 고민들을 엄마에게 털어놓고 싶었다. 하지만 나와 엄마는 그런 사이가 아니었다. 엄마와의 대화는 누군가가 일방적으로 맞춰주어야만 이어졌다. 우리의 대화는 늘 어딘가가 어긋난 채 삐그덕거렸다. 우리는 소통이라는 걸 할 수 없었다. 존중받지 못하고 있다는 느낌, 나의 마음을 헤아려 줄 사람이 없다는 느낌은 무척이나 불안하고 고독했다.

엄마와의 소통 부재는 날 관심이 고픈 아이로 만들었다. 사람들과 어울릴 때면 나도 모르게 거짓 가면을 쓰고 행동했다. 모두에게 사랑받고 싶어 그들이 원하는 모습으로 연기했다. 사람들이 원하는 모습에 맞춰 행동하자 언제부터인가 나조차도 내가 어떤 사람인지 알 수 없었다. 성인이 되고 나이를 먹어가면서 이런 내 모습에 문제가 있단 걸 알았지만 이미 굳어져 버린 관계들만큼이나, 나 역시 내 얼굴과 한 몸이 된 가면을 벗기가 두렵고 어려웠다.

그런 나의 인생에 새로운 사람이 나타났다. 그는 조잘조잘 끊임없이 떠드는 나의 말을 잘 들어주었고 적절히 리액션도 해주었다. 그러던 어느 날 대화를 하던 중 그는 내게 말했다. 당시의 대화 내용은 기억나지 않지만 이 말은 또렷하게 기억하고 있다.

"틀린 게 아니야. 그냥 서로 생각이 다른 것뿐이지." 처음 들어보는 말이었다. 항상 "사차원이다, 너무 복잡하게 생각한다, 쓸데없는 생각이 너무 많다. 이상한 말 좀 하지 마." 같은 부정적인 말만 듣다가 처음으로 있는 그대로의 나를 받아주는 말을 들었다. 그와 매일 매일 이야기하는 것이 즐거웠다. 하루 3시간씩 통화를 해도 그와의 이야깃거리는 넘쳐났다. 그와 수다부터 토론까지 다양한 종류의 말을 나누었다. 그는 한 번도 내게 틀렸다거나 이상하다고 말한 적이 없었다. 그 사람과 있을 때면 나는 존중받는 기분이었고, 한 사람으로서 인정받는 기분이었다.

그는 나와의 결혼을 생각했다. 그러나 나는 결혼에 회의적이었다. 가게를 접으면서 부모님의 관계는 회복되었지만 그들의 과거는 나의 기억 속에 남아있다. 나는 그 과거의 그늘 때문에 여전히 불안한데, 이런 채로 결혼을 하는 건 그에게도 못할 짓이라는 생각이 들었다. 나는 결혼생활을 잘해 나갈 자신이 없었다.

결혼에 대한 이런 견해차에도 그는 묵묵하게 내 곁에 남았다. 나를 있는 그대로 받아들이는 유일한 존재는 견고하고 빈틈없이 나를 지탱해주었다. 오랜 고민 끝에 이 사람과는 다르게 살 수 있을 것 같다는 결론을 내렸다. 그날 나는 그를 찾아가 청혼했다. 그리고 그렇게 나는 유부녀가 되었다.

가정을 이루면서 나의 삶은 안정을 찾았다. 요란하던 마음은 중심을 잡고 더 이상 흔들리지 않았다. 그러나 해결하지 못한 고민이 있었다. 나는 엄마가 될 자신이 없었다. 남편은 신혼을 즐기자고 말했다. 늘 그랬듯이 그는 내가 준비될 때까지 기다린다고 말했다. 남편과 나를 닮은 아이를 상상할 때마다 마음이 어지러이 요동쳤다. 나에게 엄마가 된다는 건, 경험해보지 못한 미지의 세계 그 이상의 의미였고, 그것은 두려움이었다. 가보지 않은 길이 주는 두려움이 아니었다. 엄마 같은 엄마가 될까 두려웠고, 내 아이가 나와 같은 아픔을 겪을까 두려웠다. 이번에는 내가 가해자가 되어 아이의 마음을 해칠까 두려웠다. 사랑받지 못한 사람은 사랑하는 법을 모른다는 말이 있듯이, 나는 사랑 주는 법을 몰랐다. 불우했던 아이도 좋은 엄마가 될 수 있을까. 나는 자신이 없었다.

# '좋은 엄마'라는 착각

신혼 7개월 무렵, 아이가 찾아왔다. 정신적으로도, 신체적으로도 그 어느 것 하나 준비되지 않은 상태였다. 생리주기가 불규칙했던 나는 임신 8주가 넘어서야 아이의 존재를 알아차렸고, 아이는 건강하다고 할 수 없는 상태였다. 아이와의 첫 만남에서 내가 느꼈던 감정은 기쁨이나 행복과 같은 따뜻한 감정이 아니었다. 두려움과 죄책감이 뒤엉켜 끈적이는 탁한 감정이었다.

꽤 길게 이어진 두려움과 죄책감의 감정 뒤에 찾아온 것은 놀랍게도 책임감이었다. 나와 남편으로부터 비롯된 이 무고한 생명체를 누구보다 온전하고 행복하게 지켜내겠다고 마음먹었다. 그날부터 나는 불규칙했던 나의 삶을 몽땅 아이에게 맞췄다. 다행히 아이는 곧 건강을 회복했다. 그러나 안도감도 잠시, 내 아이가 딸이라는 사실을 알고 또 다른 두려움이 엄습했다. 친정 엄마에게 상처 주고 상처 받았던 내가 딸 아이의 엄마가 된다는 것에, 역할만 바뀌었을 뿐 똑같이 행동할지도 모른다는 것에 불안감을 느꼈다. 고민 끝에 나는 주변에서 말하는 대로, 육아 전문가들이 말하는 대로 행동하기로 했다. 잘 따라하기만 하면 중간은 갈 수 있겠지 하는 생각이었다. 이런 생각으로 열심히 산모 교실을 쫓아다녔다. 그런데 어느 곳이든 산모교실에 가면 항상 자연분만과 모유 수유를 강조했다. 강사들은 이 두 가지가 엄마로서 아이에게 줄 수 있는 가장 큰 선물이라고 이야기했다.

하지만 나는 내 딸에게 생애 첫 선물을 줄 수 없었다. 아이는 오랜 산통을 겪었으나 결국 자연분만으로 태어나지 못했고, 모유량이 많지 않아 엄마 젖은 얼마 먹지도 못하고 조제분유를 먹어야 했다. 아이 인생의 시작이 완벽하지 않음에 상당한 죄책감을 느꼈다.

첫 선물을 주는데 실패했다면 다음부터 실패하지 않으면 된다. 그래서 나는 이유식에 온 정성을 쏟았다. 모든 재료는 유기농으로, 요리과정에서는 믹서기조차 사용하지 않고 모든 것을 내 손으로 직접 했다. 주변에서 시판 이유식을 권해도 강하게 사양했다. 내게 이유식 만들기는 '아이에게 첫 선물을 안겨주지 못한 죄'에 대한 일종의 속죄 행위였다.

아이를 키우면서 육아책과 인터넷 육아 전문가들이 아이를 위해 해야 한다고 말하는 거의 모든 것을 시도한 것 같다. 캥거루 케어, 수면 교육, 베이비 마사지, 신생아 수영… 육아는 생각보다 힘들었으나, 동시에 생각보다 수월했다. 신체적 피로도는 상상을 초월했지만 정신적 피로도는 예상외로 괜찮았다. 내가 잘하고 있는지 확신이 없을 때도 있었지만, 세상이 말하는 좋은 엄마의 조건을 충실히 따르다 보면 곧 안심이 되었다. 실패하지 말자. 좋은 엄마가 되자.

육아의 힘듦보다는 오히려 아이가 나를 치유해주고 있다는 생각을 자주 했다. 아이가 주는 무한한 사랑을 느낄 때면 나는 세상 무엇도 두려울 것이 없었다. 아이는 서툰 엄마를 사랑했다. 아이는 엄마와 살 맞대며 노는 것을 좋아했고, 그 누구보다 엄마를 가장 사랑했다. 아이의 눈을 보면 엄마를 향한 순수한 사랑을 나는 느낄 수 있었다. 아이는 있는 그대로의 엄마를 사랑했고, 나 역시 존재 자체로의 딸을 사랑했다. 우리는 서로의 우주였다. 우리는 엄마와 자식으로서 평생에 걸쳐 서로의 주위를 공전하며 연결되어 있을 것이다. 이 연결감이 나의 존재를 단단하게 지탱했다. 모든 것이 놀랍도록 경이로웠다. 남편과 아이가 있어 행복했다. 우리는 어린 시절 늘 내가 꿈꿔왔던 단란한 가족이었고, 나는 이 행복을 깨뜨리지 않기 위해 최선을 다할 것을 매일 다짐했다. 이만하면 잘 하고 있는 것 아닌가 하고 스스로가 대견스럽기까지 했다. 역시. 난 나의 부모님 같은 부모가 될 리 없다. 인생 최초의 안정감과 행복, 그리고 아이가 선사하는 조건 없는 사랑에 푹 빠졌던 나는 첫 아이가 세 살이 되었을 무렵 둘째를 가지기로 결심했다.

첫째는 몸도 마음도 준비되지 않았을 때 찾아온 아이라 매 순간 미안한 일이 많았다. 그래서 둘째 임신을 결심한 순간부터 나는 몸도 마음도 완벽하게 준비하리라 다짐했다. 둘째는 탄생의 첫 선물인 자연분만으로 태어날 수 있게 해주고 싶었다. 그래서 브이백(VBAC, 제왕절개 출산 후 다음 아기를 자연분만하는 것)을 결심했다. 임신기간 내내 산전준비를 열심히 하며 진통을 기다렸다. 그리고 출산 당일 안전을 위해 무통주사도 없이 꼬박 16시간의 진통을 참았다. 그러나 나는 이번에도 수술실에서 둘째를 만났다. 2020년 9월, 가을에 접어들 무렵이었다. 수술 후 눈을 뜨자마자 든 생각은 이번에도 실패했다는 감정이었다. 자책감에 힘이 들었다.

한편 내가 둘째 산후조리를 하는 동안 첫째는 긴급 보육으로 전환하여 어린이집에 등원했다. 연일 뉴스에서는 코로나 확진자 증가를 보도했다. 코로나로 첫째를 잘 만나지도 못한 채, 조리원에서 뉴스밖에 볼 수 없었던 나는 하루하루 근심이 쌓여갔다. 첫째만 생각하면 걱정스러움에 눈물이 났다. 내가 산후조리원에 있는 동안 첫째는 아빠 출근에 맞춰 어린이집에 등원하였고 어린이집 하원 후에는 외할머니집에서 아빠를 기다렸다. 시어머니는 편찮으신 시아버지를 간병하고 계셨기에 우리에게 다른 선택지는 없었다. 흔쾌하게 큰아이를 돌봐주겠노라 이야기하는 엄마에게 감사함과 동시에 미안함을 느꼈다. 그렇게 내가 조리원에 있는 동안 아이는 외할머니 집으로 하원했다.

그런데 엄마는 아이 하원 후 곧장 집으로 가지 않는 날이 많았다. 아이를 데리고 개인 미용실을 운영하는 친구 집을 방문하거나 장을 보러 마트에 가기도 했다. 코로나가 심각했기에 매일 그 소식을 전해 들을 때마다 걱정스럽고 불안했다. 엄마에게 큰 아이와 외출을 자제해 달라고 부탁했다. 하지만 엄마는 내 말을 대수롭지 않게 생각했다. 외출은 계속 이어졌다. 나는 엄마에게 화가 났다. 나는 코로나가 무서워 임신 막달에도 배가 부른 채 아이를 종일 집에 데리고 있었는데, 엄마는 너무 쉽게 내가 노력한 시간들을 무시하는 것 같았다. 결국 엄마에게 전화를 걸어 왜 그렇게 아이를 데리고 돌아다니냐고 따져 물었다. 그러나 그런 나를 두고 엄마는 '유난스럽다'고 말했다. 내 말에 귀 기울여주지 않는 엄마를 보며 몇 년간 평온하던 가슴이 또다시 요동치기 시작했다.

둘째와 함께 집으로 돌아오자마자 나는 첫째를 가정 보육으로 전환해 집에서 케어하기 시작했다. 남편과 나는 열심히 육아에 매달렸지만, 집안일은 매일 무서운 속도로 쌓여갔다. 남편은 산후조리 도우미 서비스를 신청하자고 말했지만, 나는 이 시국에 외부인을 집에 들인다는 것이 꺼림칙해 거절했다. 그러는 동안 내 몸은 한계치에 도달했다.

둘째를 안고 큰 아이 색칠놀이를 지켜보고 있을 때였다. 오로가 나오는 느낌에 둘째를 잠시 내려놓고 앉아있었는데 금세 생리대가 다 젖었다. 이상함에 화장실로 가서 확인했더니 쉴 새 없이 흘러내리는 피가 보였다. 무서웠지만, 단순하게도 둘째는 오로의 양이 많은가 보다 생각했다. 그러나 화장실에서 나오는 순간 나는 정신을 잃고 쓰러졌다. 얼마의 시간이 흘렀을까. 어렴풋이 작은 아이의 울음소리가 들려왔다. 얼른 일어나 아이들에게 다가가고 싶었으나 몸은 말을 듣지 않았고, 일어서고 넘어지기를 반복했다. 간신히 휴대전화기를 집어 들어 119에 신고했다. 어렴풋이 기억나는 건 "피가 나요. 정신을 잃을 것 같아요. 주소… 잠시만요. 아이가 있어요. 갓난아이랑 4살짜리 아이요…." 119는 상황의 급박함을 알아차리고 서둘러 위치추적을 했고, 무난하게 신고 접수가 되었다. 서둘러 나는 남편과 친정 엄마에게 전화했다. 세 차례의 통화 내내 아이들은 쉴 새 없이 울었다. 아이들의 울음소리가 귓가를 맴돌며 정신을 잃고 차리기를 반복했다. 119 도착 직전에 친정 엄마가 왔고, 대강 상황을 전달한 뒤 나는 그렇게 들것에 실려 나갔다. 아이들, 특히 큰 아이는 화장실과 안방 바닥에 가득한 피, 그리고 쓰러져 실려 가는 엄마의 모습을 그대로 지켜보았다.

CT 검사 결과, 자궁동맥의 가성동맥류로 인한 출혈이었다. 담당의사의 설명에 따르면, 임신기간 중 늘어난 혈관에 생긴 상처에서 출혈이 발생한 것이라고 했다. 사실 나는 이미 한 달 전에도 한 번 출혈 쇼크로 응급실에 실려 간 적이 있다. 그러나 3일간 입원하며 정밀 관찰을 해도 이유를 찾을 수 없어 다시 귀가했다. 그런데 이렇게 다시 출혈 쇼크를 일으킨 것이다. 의사의 말에 따르면 첫 CT 검사에서는 손상 혈관이 식별되지 않을 정도로 출혈 부위가 작고 입원 기간 동안 출혈이 발생하지 않아 퇴원조치를 했으나 이번에는 손상혈관 부위가 명확히 확인되어 시술을 진행한다고 했다. 이 말인즉슨, 나의 경우는 다른 환자들과 달리 자연치료 될 가능성이 높았고, 일반적 산모들처럼 산후조리를 열심히 했다면 일이 이렇게 될 가능성이 희박했다는 뜻이기도 했다.

시술은 사타구니에 작은 구멍을 뚫어 얇은 관을 통해 출혈부위를 막는 자궁동맥색전술이었다. 시술을 받고 지혈을 위해 6시간 동안 침대에 누웠다. 의료진은 몸에 힘이 들어가 지혈이 되지 않을 경우 재시술을 해야 하니 절대 움직이지 말고 누워있으라고 했다. 아무것도 하지 못하고 가만히 누워 있다보니 첫째의 얼굴이 떠올랐다. 하얀색 방호복을 입은 119 아저씨랑 빠빠이 인사를 하던 모습이 아른거렸다. 갑자기 눈물이 났다. 처음에는 긴장이 풀려서, 산후출혈이나 일으키는 이 몸뚱이가 한심해서 나는 눈물인 줄 알았다. 그러나 그게 아니었다. 울면 울수록 속이 답답해졌다. 자책과도 같은 울음이었다. 소리내어 울 수 없어 그저 끅끅대며 눈물을 흘려보냈다. 지난 시간이 주마등처럼 스쳐 지나갔다.

## 엄마 그늘 속의 딸

처음 둘째를 신생아실에서 만나던 날이 떠올랐다. 그때 신생아실 유리벽 너머로 만난 작은 아이는, 오랜 진통으로 인해 온 얼굴이 멍투성이였고 그 여린 눈에는 터진 실핏줄이 가득했다. 그러나 그때의 나는 자연분만 실패에 대한 자책감으로 아무것도 느끼지 못했었다. 뒤늦게 아이에 대한 자책감과 함께 온갖 감정이 터져 나왔다. 나에게 둘째의 출산은 열정 넘치는 도전이었지만, 아이에게는 고통이었겠다는 생각이 들었다. 돌이켜 생각해보니, 나의 육아는 집착의 연속이었다. 도대체 무엇 때문에 나는 브이백에 집착하여 16시간 넘는 시간 동안 배 속의 아이를 그렇게 힘들게 했을까. 왜 나는 출산 전에도, 출산 후에도 홀로 가정 보육을 고집했을까. 생각에 생각이 꼬리를 물어 처음 육아를 시작하던 그때로 생각이 이어졌다. 지나고 보니 나의 육아는 어딘가 핀트가 나가 있었다.

이유식 시기에는 아이와 시간을 보내는 것보다 이유식 만드는 시간을 더 우선시했다. 아이가 등원거부로 한 시간 넘게 울어도, 엄마의 흔들리는 모습은 아이를 더 울게 만든다는 말을 떠올리며 냉정하게 돌아섰다. 그러다가도 아이의 행색이 같은 반 친구보다 초라해 보이기라도 하면, 그날 바로 남편도 놀랄 정도로 새 옷을 한 무더기 사 왔다. 아이가 심심하다고 놀아달라고 하면 나는 바로 맘카페나 블로그에 들어가 최신유행 장난감, 유행하는 놀이를 검색했다. 아이가 떼를 쓰면 내 아이의 상태를 살피기보다 떼쓰는 아이에 대한 훈육법을 공부했다. 아이가 어떤 놀이가 하고 싶은지, 아이는 엄마와 무엇을 하고 싶은지. 아이가 진정으로 원하는 게 무엇인지 알아볼 생각조차 하지 못했다. 그때의 나는 다른 사람들이 말하는 '좋은 엄마'로서 행동하는 것에만 온 신경을 집중하고 있었다.

생각해보면 나는 첫째를 가정 보육을 하면서 이미 이런 이질감을 조금씩 느끼고 있었던 것 같다. 어린이집에 가지 않고 엄마와 단둘이 집에 있는 것만으로 행복해하던 아이는 시간이 갈수록 지루해했다. 활동적인 아이는 집안에서의 생활에 답답해하며 놀아달라고 떼쓰기 시작했다. 그러는 동안에도 내 배는 점점 불러와 나는 움직이기 힘들어졌다. 종일 큰아이와 씨름하니 하루하루 심신이 지쳐갔다. 그때도 난 이 상황을 극복하기 위해 맘카페나 블로그, 육아서적을 열심히 뒤졌다. 엄마들은 힘들어하면서도 자신들의 재능을 발휘하여 여러 가지 방법으로 아이들을 케어하고 있었다.

나는 그들을 따라 아이와 요리도 하고, 밀가루 반죽을 만들어 모양틀에 찍어 놀기도 하고, 미술 재료들을 사서 물감놀이를 하기도 했다. 할수 있는 모든 놀이는 다 했다. 집에는 점점 놀이 재료들이 쌓이기 시작했다. 무거운 몸으로 아이에게 놀이를 준비해주면 아이는 신나게 놀았다. 그 순간에는 심심하다는 말을 하지 않았다. 그러나 아이의 집중력은 짧았다. 준비하고 치우는 시간만 1시간인데, 아이는 딱 30분. 잠깐 놀고 이내 흥미를 잃었다. 속에서는 짜증이 뻗쳐올랐다. '심심하다고 해서! 성장 발달에 중요한 시기에 밖에 나가지도 못하고 집에만 있는게 안쓰러워서 내가 이렇게까지 해줬는데! 겨우 이 정도 놀고 또 심심하다고 하는거야?' 라고 생각하며 얘는 엄마가 이렇게까지 하는 데 왜 알아주지를 않는걸까 하는 울분도 느꼈다.

아이와 보내는 시간이 행복하기도 했지만 어렵기도 했다. 아이는 퍼즐을 잘 맞추는 자신을 칭찬해주기 바랐고, 노래를 부르며 함께 춤추기를 원했다. 인형을 가지고 역할 놀이를 하길 원했고, 함께 그림 그리기를 원했다. 그러나 나는 그 무엇 하나 제대로 해주지 못했다. 칭찬하는 것이 어색했고, 노래에 맞춰 춤춰본 적이 없어 어떻게 해야 할지 몰랐으며, 아이와 어떻게 놀아야 하는지 전혀 감을 잡지 못했다. 나조차도 엄마와 그렇게 놀아본 기억이 없었다. 어설프게 다른 엄마들을 따라 하며 놀아주었지만 나는 아이의 욕구를 충족시켜주지 못했다. 코로나 이전까지는 스스로가 잘하고 있다고 믿었던 나는 이 모든 게 코로나 때문이라 생각했다. 그래서 그저 하루빨리 코로나가 종식되길 빌었다.

그러나 코로나 때문이라고 하기에는 둘째에 대한 나의 열정도 조금 뒤틀려있었다. 브이백 도전뿐만이 아니었다. 둘째는 반드시 모유 수유를 하겠다는 집착으로 내 몸을 돌보기보단 소문난 모유 촉진 제품들을 두세 개씩 먹어가며 젖을 짜냈다. 허리디스크와 꼬리뼈 통증으로 앉아 있는 것 자체가 고역스러웠지만, 모성애로 통증을 참아야 한다고 생각했다. 건강한 몸으로 아이들의 육아를 책임져야 할 엄마가 집착과 아집에 사로잡혀 모성애라는 착각 속에 숨어 나를 돌보지 않고 몸을 혹사 시켰다. 심지어 나는 그런 스스로가 자랑스럽기까지 했다.

지난날들을 생각하니 당혹스러웠다. 착각에 얼룩진 육아에 정신을 차릴 수 없었다. 언제부터였을까? 나는 그냥 좋은 엄마가 되고 싶었을 뿐인데. 훗날 아이들에게 우리 엄마는 멋진 엄마였다는 말을 듣고 싶었을 뿐인데.

첫째를 낳고 산후 우울증을 겪었던 때가 떠올랐다. 첫째를 낳고 얼마 지나지 않아 산후 우울증이 찾아왔는데, 그 당시 나는 인정할 수 없었다. '아이를 낳고, 우울증이라니. 내게는 역시 모성애가 없나?' 이런 생각이 제일 먼저 들었다. 가족들이 육아에 집착하며 아등바등하는 나를 걱정하면 되레 신경질을 부렸다. 나는 내 일도 잘하고 육아도 잘하는 그런 멋진 엄마가 될 거라고 굳게 믿었다. 주변에서 힘들지 않냐 물을 때마다 난 그저 웃었다. "다른 엄마들도 다 이렇게 하는 건데요, 뭐~ 괜찮아요." 이렇게 말하면 사람들은 다들 날 대단하다고 치켜세워주었다. 일과 가정 모두를 잘 소화하는 슈퍼우먼이라는 말에 으쓱했다.

그러나 소위 '좋은 엄마'가 되겠다며 벌이는 나의 맹목적 행동은 애초에 실패할 수밖에 없는 목표 설정이었다. 엄마 노릇에 대한 어떤 이야기를 보고 들었느냐에 따라 그날그날 내 안의 좋은 엄마 이미지는 분열을 거듭했다. 목적지 없는 맹목적 뜀박질은 내게 탈진만을 남겼다. 다른 그 무엇도 얻을 수 없었다. 어린 시절 모두에게 사랑받는 사람이 되려다 나를 잃어버린 것처럼, 지금의 나는 '좋은 엄마'라는 강박과 집착에 사로잡혀 내가 어떤 엄마인지, 내 아이가 어떤 아이인지 갈피를 잡지 못했다. 정작 내 아이에게 맞는, 내 아이가 원하는 엄마는 어떤 엄마인지 나는 알지 못했다. 이렇듯 중심이 잡히지 않은 '좋은 엄마 노릇'은 점점 피로감과 어지러움을 발생시켰다. 만족도 없고 성과도 없는 이러한 상황에서 나는 점점 지쳐갔다. 심신이 지쳐가면서, 내 상황에 대한 피해는 고

스란히 아이가 받아야 했다.

　나도 모르게 아이에게 짜증을 내고, 아이와 무관한 감정을 아이에게 쏟아붓는 모습은 어린 시절 내가 기억하던 엄마와 닮아 있었다. '엄마와는 다른 사람이 될 거야. 난 엄마처럼 내 아이들을 키우지 않을 거야.'라고 다짐한 것이 무색하게도 두 아이를 키우며 엄마의 그림자는 종종 내게 다가왔다. 그러나 생각해보면 그 그림자 속 엄마는 진짜 내 엄마의 모습도 아니었다. 피곤에 지쳐 엄마 노릇을 잘 하지 못했다고 느낄 때면 나는 '우리 엄마랑 똑같다'고 자책했다. 스스로에게 실망했다며 나 자신을 야단쳤다. 그리고 그와 동시에 강박적으로 그러한 내 생각을 강하게 부정했다. 내가 엄마와 같을 리가 없다고, 나는 이렇게 매일 육아에 대해 생각하고 아이에게 못 해준 것만 생각하며 미안해하는 '좋은 엄마'인데.

　그러나 나는 건강을 잃고 두 아이를 얻고 나서야 비로소 깨달았다. 나는 좋은 엄마가 아닐지도 모른다는 사실을. 집착과 아집에 사로잡혀있다는 사실을. 홀로 병원 침대에 누워 그 사실을 마지못해 인정했을 때, 아픈 몸과는 비교도 되지 않게 강력한 심적 고통이 나를 짓누르기 시작했다. 나는 왜 이렇게 집착적이고도 고집스러웠을까. 왜 힘든 것을 무작정 참으려고 했을까. 왜 내 커리어를 잠시도 내려놓지 못했을까. 왜 아이에게 관대하게 행동할 수 없었을까.

　꼬리에 꼬리를 무는 질문과 대답 끝에는 어린 시절의 내가 있었다. 서른이 넘어 두 아이의 엄마가 되어서야 비로소 알 수 있었다. 나는 여전히 상처받은 그 시절 안에 갇혀 있다는 걸. 좋은 엄마가 된 '나'에 사로

잡혀, 나는 내 아이들을 건강한 자세로 대하지 못하고 있다는 걸. 성인이 된 나는 엄마를 이해한다고 생각했으나 사실은 여전히 엄마를 원망하고 있었다. 혼란스러움에 허덕이던 그 시절 내 손을 잡아주지 않았던 엄마를 나는 계속 미워하고 있었다. 불우했던 아이도 좋은 엄마가 될 수 있을까 하는 내 두려움에는, 삶의 무게에 짓눌려 내게 소홀했던 엄마와 그에 대한 원망이 자리하고 있었다. 그리고 그것은 만약 내가 좋은 엄마 되기에 실패한다면 그것 역시 건강한 역할 모델이 되어주지 못한 당신 책임이라는 내 마지막 방어 기제이기도 했다. '모든 게 엄마 때문이야. 엄마가 미워.' 나는 나를 혹사시키면서 사실은 가혹하게 엄마를 벌주고 있었던 건 아닐까⋯.

더는 이 감정을 외면하면 안 되겠다는 생각이 들었다. 상처받은 딸로 남는다면 난 영영 건강한 어른도, 건강한 엄마도 될 수 없을 것이다. 진실로 좋은 엄마가 되기 위해 내 상처를 치유할 시간이 필요했다. 그래야만 앞으로 나아갈 수 있을 터였다. 내 딸들의 엄마로서. 누군가의 말에 흔들리지 않고 내 삶 속에서 중심을 잡아야만 한다. 나 자신으로서.

그간 나를 옭아맸던 좋은 엄마라는 허상에서 벗어나기 위해 엄마와 나의 관계를 재정립할 시간이 필요했다. 진심으로 엄마를 받아들이기 위해 엄마를 이해할 시간이 내겐 필요했다.

# 엄마를 만나다

엄마를 이해하기 위해서는 엄마와의 대화가 절실했다. 그러나 엄마와의 대화는 번번이 싸움으로 끝나거나 서로를 탓하는 변명으로 끝나곤 했다. 솔직히 지쳤었다. 30년 넘게 내 인생에서 가장 이해하기 어려운 사람이 엄마였는데 어떻게 하루아침에 엄마와 대화를 할 수 있겠는가. 엄마와 이야기를 하다 또 싸우게 되는 날이면 친정집 문을 박차고 나왔다. 내 가슴에는 분노와 회의감이 휘몰아쳤다. 하지만 그래도 포기할 수 없었다. 영영 이대로 살고 싶지는 않았다. 엄마를 이해하고, 나를 이해해야 비로소 내 딸들을 이해할 수 있을 것 같았으니까.

한 달, 두 달, 끈질기게 대화를 시도했다. 나는 필사적이었다. 처음엔 시큰둥하게 반응하던 엄마는 어느덧 내가 가면 으레 달그락거리며 커피를 끓였다. 조금씩 말다운 말을 나누는 시간이 길어졌다. 엄마는 내가 자신의 삶과 지난 시간들에 진심으로 귀 기울이는 것을 보며 조금씩 마음을 여는 듯 했다.

우리는 아직 소통의 단계에 들어서진 못했지만 서로 많은 이야기를 하고, 또 들었다. 그 시간 속에서 엄마의 지난 삶을 함께 돌아보았다.

엄마는 경상북도 어느 한 바닷가 마을에서 태어났다. 그곳에서 나고 자란 엄마는 8남매 중 여섯째였다. 위로 오빠 셋은 큰 도시에 있는 고등학교에 갈 만큼 공부를 잘했고 외할머니 또한 없는 살림에 악착같이 아들들 뒷바라지를 했다. 그에 반해 다섯 딸은 외할머니의 악착같은 '공들

임' 대상이 아니었다. 누군가는 일찌감치 취업전선에 뛰어들어 동생들의 학비를 댔고, 누군가는 남자 형제들이 편안하게 '바깥일'을 할 수 있도록 집안 살림을 도맡았다. 그 시절 많은 딸들이 그랬듯 엄마의 삶도 비슷했다. 그리고 엄마의 삶은 외할머니가 돌아가시면서 좀 더 힘들어졌다.

엄마는 아빠와 결혼하기 전 식모살이를 했다. 모르는 사람 집이 아니었다. 아내를 잃고 홀아비가 된 첫째 오빠 집이었다. 다섯 딸 중 셋째였던 엄마는 삼 남매를 둔 홀아비 큰오빠 집으로 '차출' 당해 보내졌다. 엄마에게 그 시절은 상처였던 것 같다. 그때 어땠는지 물어봐도 엄마는 이제껏 한 번도 속 시원한 대답을 해준 적이 없다. 그냥 다만 "내가 요즘 아픈 게, 그때 하도 고생을 해서 골병이 들었나 싶은 생각이 가끔 든다." 딱 이 정도만 말했다. 엄마는 그런 사람이었다. 자신의 아픔을 말하지 않았고, 말해도 바뀌지도 않을 일은 말해봤자 입만 아프다고 생각하는 그런 사람이었다. 그러나 냄비 뚜껑을 닫아도 물은 끓어 요란한 소리를 내듯이, 어린 소녀였던 엄마가 입 밖으로 꺼내지 못한 많은 말들은 엄마의 가슴 속에서 끓고 끓다 두고두고 화상으로 남았다. 그렇게 혼자 삭여야 했을 많은 시간 동안 엄마는 많은 것을 잃어버린 듯 했다. 누군가에게 공감해주는 것, 따뜻하게 자신의 마음을 표현하는 것, 친절과 여유를 잃지 않는 그런 것들. 그 시절 엄마 역시 누군가에게 간절하게 바랐을 그런 사소하지만 중대한 것들을 말이다.

나의 엄마가 아닌 한 개인으로서 그녀의 인생을 살펴보게 되면 나는 충분히 엄마를 이해할 수 있었다. 엄마가 견뎌내야 했던 많은 어려움들을 생각하면 한없이 안쓰러운 마음도 생긴다. 그러나 문제는 인간 대 인간으로 엄마를 객관적으로 바라볼 수 없을 만큼 엄마와 내가 너무나도 끈끈하게 엮여있다는 사실이다. 나와 관계가 없는 먼 사람에 대해서는 한없이 관대해질 수 있다. 그러나 엄마는 내게 너무나 가까운 사람이다. 엄마를 생각하면 할수록 오랜 세월 동안 엄마의 딸로 살면서 엄마에게 받았던 많은 상처와, 엄마에게 느끼는 사랑과, 딸과 엄마라는 관계에서 오는 여러 감정들이 혼란스럽게 뒤섞였다. 마음과 생각이 온통 뒤죽박죽이었다. 나는 엄마를 깔끔하게 이해하지도 그녀로부터 받은 많은 상처들을 털어내지도 못한 채였다. 당장 할 수 있는 거라곤 계속해서 엄마에 대해 생각하고 또 대화를 지속하는 것 뿐. 나는 화가 치밀어 오를 때마다 소통을 포기하지 않는 것 외에 우리에게 남은 선택지는 없다고 스스로를 도닥였다.

내가 그랬던 것처럼 엄마 또한 아빠와의 결혼을 통해 지난 아픔을 묻어두고 새로운 인생을 시작할 수 있을 것이라 기대했던 것 같다. 엄마는 아빠의 선한 모습에 반했다고 말했다. 그러나 결혼하고 보니 순하기만 한 줄 알았던 남자는 고집 있는 사람이었고, 아주 단호하게 자신이 새롭게 꾸린 가정보다는 자신의 엄마와 형제들을 늘 먼저 챙겼다. 그 지독한 단호함에 남편으로부터 변함없는 사랑과 지지를 기대했던 엄마는 평생 상처 받았다. 5남매 중 막내였던 아빠는 집안의 유일한 고등학교 졸업자였다. 지독하게 가난한 집에서 유일하게 고등학교 졸업장을 가지게 된 대가는 평생에 걸쳐 지불해야 할 빚으로 남았다. 아빠의 졸업장은 집안의 온갖 대소사를 당연하게 책임져야 하는 형벌이 되어 돌아왔다. 그리고 아빠의 아내가 된 엄마 역시 그 형벌을 결혼 생활 내내 함께 감당해야 했다.

　아빠는 순하고 사람 좋기로 유명한 사람이다. 밖에서도, 자식들에게도 그랬다. 그러나 엄마에게 좋은 남편은 아니었다. 아빠는 장난이라는 말로 엄마의 자격지심을 건드며 자존감을 깎아내렸고, 엄마는 그런 아빠에게 서운함을 넘어 분노했다. 아빠는 장난을 받아들이지 못하는 엄마를 재미없어하며 답답해했다. 아빠는 엄마를 꽉 막힌 사람, 시가의 부탁도 단호하게 거절하는 냉정한 여자라고 생각했다. 엄마는 아빠의 그러한 평가에 실망했고, 허탈해했다.

　엄마는 너무 일찍 떠나버린 친정 엄마에 대한 그리움을 가슴 속 깊이 간직하고 있다. 아빠와 싸운 날이면 외할머니의 영정사진을 붙잡고 통곡하며 울었다. 엄마는 외할머니에게 못 해 드린 일들을 시어머니에게 하고자 했다. 그러나 엄마의 호의는 어느 순간 상대의 권리가 되어 엄마를 옭아매기 시작했다. 하나를 잘하면 두 개를 하지 않는다고 집이 뒤집어졌다. 언제인가 엄마는 내게 먼 산을 바라보며 말한 적이 있다. "내가 아무리 노력해도 남이더라" 그 이야기를 하는 엄마의 모습은 무척 쓸쓸해 보였다.

　결혼하고 아이를 낳고 살아보니, 확실히 엄마가 이해되는 부분도 있다. 결혼 전 나는 낮은 자존감을 가지고 자격지심에 휩싸여 있었다. 밝은 듯 보였지만 속 깊은 곳에는 어둠이 있었고, 자기환멸이 존재했다. 그랬던 나는 남편을 만나면서 자존감을 회복하고, 나를 사랑할 수 있는 원동력을 얻었다. 밝은 에너지를 가지고 있던 남편은 나를 깊숙한 우울로부터 끌어내 밝은 세상으로 나올 수 있게 도와주었다. 나는 좋은 사람을 만나 그런 경험을 할 수 있었다. 결혼을 통해 나는 성장할 수 있었다. 그러나 엄마는 아니었다. 내 가정을 꾸려 어린 시절 상처를 회복하고 새로운 출발을 꿈꾸었던 어여쁜 처녀의 꿈은 결국 실패하고 말았다. 상처받은 작은 아이는 몸만 어른이 되어 정신없는 삶을 견디고 살아내야 했을 것이다. 딸로서, 같은 여성으로서 나는 엄마가 안쓰러웠다.

그날도 어김없이 티타임을 마치고 집을 나서며 엄마에게 말을 걸었다. "엄마, 다음생이 있다면 그때는 다른 남자 만나. 나는 또 안 태어나도 되니까 그때는 엄마를 어루만져줄 수 있는 그런 남자 만나" 엄마는 내 말에 피식 웃으며 말했다. "너는 아는 걸 왜 너희 아빠는 모를까."

우리의 티타임이 어느 정도 자리를 잡게 되면서, 나는 엄마에게 종종 어릴 적 서운했던 일들을 이야기하기 시작했다. 어릴 적 내가 이런 이야기를 꺼낼 때마다 내게 돌아오는 것은 "또 쓸데없는 소리"라는 타박뿐이었다. 내 상처에 대해 이야기를 꺼내면 "뭐가 그렇게 서운한 게 많아!", "기껏 힘들게 키워놨더니, 너는 네가 잘나서 혼자 큰 줄 알지" 엄마는 이렇게 말하곤 했다. 그래서 나는 어느 순간 내 마음속 이야기들을 엄마에게 일절 하지 않았다. 그렇게 마음 깊이 묻어뒀던 이야기들을 다시금 꺼내 보기 시작한 것이다.

다행히 우리의 대화방식은 꽤 많이 달라져 있었다. 엄마를 이해하는 부분에는 공감했고, 이해되지 않는 점은 이해하기 위해 이유를 물었다. 엄마 역시 이전과는 달리 말투도 톤도 한결 부드러워졌다. 엄마는 나와의 대화를 통해 스스로가 어떤 사람인지 어떤 삶을 살았는지를 새삼스레 깨닫는 듯 했다. "내 딴에는 한다고 열심히 했는데, 그게 부족했나보다. 이해해라 엄마가 못 배워서 그렇다.", "그래도 사람들이 좋다고 하는 건 다 시켜줬는데, 그게 다 맞는 건 아니었나 보다." 우리 모녀도 소통이라는 것을 할 수 있게 되면서 엄마와 나의 관계도 조금씩 변화하기 시작했다. 더는 말로 서로를 할퀴지 않았고, 조금씩 서로를 이해하기 위해 노력했다.

한 잔 두 잔 우리가 함께 마신 커피잔이 늘어날수록 엄마라는 존재는 내 안에 선명해져 갔다. 늘 깊게 생각하고 싶지 않아 내 마음 한쪽으로 미뤄뒀던, 하지만 완전히 지워버릴 수도 없어 희미한 얼룩으로 남았던 엄마와 비로소 마주 보게 된 것이다. 나는 요즈음에서야 태어나 처음으로 엄마와 진실로 만나고 있다 느낀다.

아직 우리의 대화는 과정 중에 있다. 여전히 엄마를 이해하지 못하는 부분도 있다. 하지만 이 이해 불가능성 앞에서 내가 달라진 건, 엄마를 비난하는 대신 내 딸들을 키우는 반면교사의 교훈으로 받아들이자 마음 먹었다는 사실이다. 내가 어떤 상처를 받았다면 내 아이들도 나와 같은 부분에서 상처받을 수 있음을 가슴 깊이 새기는 쪽을 택했다.

엄마와의 관계를 교훈 삼아 나는 앞으로 남들의 말에 현혹되어 아이를 키우지 않을 것이다. 좋은 엄마가 되기보다 아이와의 소중한 순간순간을 지켜낼 수 있는 건강한 엄마가 되고 싶다. 앞으로는 심심하다고 말하는 아이에게 장난감을 사다 안겨주지 않을 것이고 어리광을 부리는 아이를 무턱대고 야단치지 않을 것이다. 그냥 한번 꼭 안아주고 눈을 맞춰 왜 그런지 물어볼 것이다. 남들이 말하는 대로, 책에 쓰인 대로 무작정 아이를 키우는 것이 아니라, 내 아이의 성향이 어떠한지 어떤 기질인지를 계속 지켜보면서 그에 맞는 사랑을 줄 것이다. 그게 앞으로 내가 할 수 있는 '건강한 엄마'가 될 수 있는 길인 것 같다.

딱 떨어지는 정답을 찾는 것은 더 이상 내게 중요하지 않다. 나는 이제야 진짜 나만의 길을 찾을 준비를 하고 있다. 딸이자, 엄마로, 그리고 인간으로서.

# 글을 마치며

엄마와의 관계에서 가장 힘들었던 것은 엄마를 미워하고 원망하고 있다는 것을 인정하고 받아들이는 과정이었다. 엄마는 뉴스 속에 나오는 못된 사람이 아니었다. 자신의 방법으로 사랑을 주고 표현하는 엄마였다. 하지만 나는 엄마의 방법을 알지 못했고 이해하지 못했다. 엄마가 나를 싫어하는 건 아닌 것 같다고 생각하면서도 배려받지 못한다고 생각했었다. 이런 갈팡질팡한 마음속에서 엄마를 미워한다고 인정하는 일은 어려운 일이었다. 나를 낳고 키워준 엄마를 미워한다는 것은 나를 죄의식에 빠지게 만들었다.

인생 최초의 세계인 엄마로부터 애정을 충분히 느끼지 못했던 나는 나를 사랑할 수 없었다. 자존감이 낮고 애정에 굶주려있던 나는 후회할 만한 선택을 자주 했다. 그런 후회는 내게 또 다른 상처를 남겼다. 내 아이는 그런 삶을 살지 않기를 바란다. 불우했던 아이도 좋은 엄마가 될 수 있을까. 늘 나를 괴롭혀왔던 질문이다. 나는 이제 이 질문 던지기를 중단하고자 한다. 이 질문 속 깊숙이 은밀하고 끈질기게 숨겨왔던 내 엄마에 대한 평가도 함께 털어버리고자 한다. 다만 늘 기억하고자 한다. 부모는 스스로를 지킬 여유가 없을 때 아이에게 실수하고 아이는 그 속에서 크게 상처받는다. 나는 엄마이기 이전에 한 사람으로서 나를 지켜내기 위해 끊임없이 나 자신을 발전시켜 나가고자 한다. 그리고 건강한 자아를 가진 사람으로서 사랑으로 나의 아이들을 키울 것이다. 다만 어제보다 나은, 작년보다 나은, 과거보다 나은 내가 될 수 있기를.

나의 엄마가 그 시대의 딸 노릇에 얽매여 힘들어했듯이, 나 역시 내 시대의 다른 모녀들처럼 엄마와 '친구'가 되지 못함을 오랜 시간 괴로워했다. 그리고 그 딸로서의 시간은 우리 두 사람 모두 어떤 엄마로 살아가야 할지를 막막하게 만들었을지 모른다. 우리는 각자의 삶 속에서 딸이자 엄마로서 각자의 상처를 가지고 살아간다. 나는 이제 이 상처를 숨기고 봉합하는 데 급급하지 않으려고 한다. 그리고 그 상처와 죄책감을 동반한 감정들에서 벗어나 조금이나마 자유로워질 수 있다면 좋겠다고 생각한다. 나는 비록 두 아이의 엄마가 되어 이렇게 생각할 수 있게 되었지만 늦었다고 생각하지는 않는다. 지금과 같은 마음을 되새기며 새로운 마음으로 모녀 관계를 다져나갈 것이다. 엄마와 나, 그리고 나의 딸들. 나의 모녀 관계는 앞으로도 험난하겠지만, 이들의 손을 잡고 내 앞에 남은 길고 긴 인생 여정을 차근차근 걸어가 보려 한다.

# 제 3 장

# 좋은 엄마이고 싶은데

# 멋있는 어른도 되고 싶어요

## 오늘도 버티는 중입니다

어디까지 언제까지 버텨야 하는가? 버텨야 하는 강도는 무한대, 버텨야 하는 기간은 무기한! 정신은 혼미하고 육체는 무겁다 못해 쑤시고 아프다. 하지만 어김없이 아침 해는 뜨고 둥이들도 눈을 뜨고, 육아와 일도 시작된다. 언제 쓰러져도 이상하지 않을 것처럼 체력도 바닥났지만 그래도 몸이 움직이는 것 보니 아직 죽을 정도는 아닌 듯, 오늘도 버티기 한판 시작이다.

새벽 6시, 알람이 울리면 둥이들이 깰까 살짝 문을 열고 부리나케 나온다. 꾸물거릴 시간이 없다. 하지만 밖에서 움직이는 소리에 재빠르게 눈치채고 둥이들이 눈을 비비며 하나 둘 문을 열고 나온다. 오늘도 늦잠은 실패, 우리 집의 이른 아침이 시작된다. 아들은 벌써 업어달라며 내 등으로 접근 중, 딸은 본인 어부바 차례를 기다리며 대기 중이다. 한번 씩 업어주고 얼른 옷가지를 챙겨 집을 나서려하면 세상 간절하게 쳐다보는 둥이들 눈빛에 주춤한다. 안쓰러운 마음에 한 번씩 더 안아주고 우유를 먹이니 벌써 아침 7시. 좀 더 지체하면 출근 차량이 많아져 부대까지 더 많은 시간이 소요될 것이기에 후다닥 짐을 챙겨 부대로 출발한다.

일찍 일어나 열심히 달려왔는데도 부대에 도착해서 이것저것 확인하니 8시, 회의를 마치니 9시다. 분주하고 치열한 업무가 시작된다. 해야 할 일이 생기면 바로바로 해결해야 한다. 미뤄두면 퇴근 시간도 늦어진다. 어린이집에 단 둘이 남아 엄마를 기다리고 있을 둥이들 생각에 1분이라도 더 빨리 가기 위해 흐려지는 집중력을 다시 잡고, 졸린 머리를 깨우기 위해 커피를 둘러 마신다. 타이핑에 가속도가 붙는다.

시간은 전광석화처럼 빠르게 흐른다. 아직 추운데도 땀이 삐질 나기도 한다. 벌써 시간은 16:30분, 퇴근 시간이다. 빨리 퇴근하려는 엄마의 자아와, 임무를 좀 더 잘 해내고 싶은 군인의 자아가 대결한다! 오늘은 엄마의 자아가 승. 칼퇴다. 그리고 다시 육아의 시작이다.

분명 일찍 일어나는 것 같은데, 정신없는 하루가 지나고 나면 어느덧 밤이다. 그래도 둥이들이 일찍 잠드는 편이라 보통 저녁 8시 쯤에는 육퇴가 가능하다. 하지만 청소, 빨래, 반찬을 만들고, 어린이집 준비물 좀 챙기면 어느새 10~11시는 훌쩍 넘고, 아침 일찍부터 군인 모드에서 엄마 모드로 그리고 마지막엔 취침 모드로 전환되어 곯아떨어지기 일쑤다.

나는 14년 차 직업군인이고, 15개월 차 초보 엄마다. 출산 전에는 나름 규칙적인 생활을 계속 해왔고, 계획성 있는 사고방식을 가진 군인이라 각 잡히고 씩씩하게 모든 미션을 다 해내는 만능 워킹맘이 될 줄 알았는데, 현실은 다르다. 허를 찌르는 이벤트들(아프거나, 사고를 치거나)과 엄마의 원활한 협조를 거부하는 둥이들 덕에 계획은 틀어지기 일쑤다. 가끔은 눈을 뜨고 있어도 뭘 봤는지, 함께 웃으면서 대화했지만 뒤돌아서면 무슨 대화를 했는지 기억나지 않을 때도 있다. 현장에 육체만 있었고 영혼은 반쯤 나가있는 모양이다. '인생을 잘 살고 있는가' 혹은 '어떻게 삶의 질을 높여볼 것인가' 하는 고민은 사치, 그저 오늘 하루도 무탈하기만을 바라며 시간에 허덕이고 고군분투하며 존버하는 허점투성이 워킹맘이다.

하지만 현재까지 근무 중 이상 무! 나는 그럭저럭 버텨가며 집에서, 부대에서 오늘도 열일 중이다.

# 우리는 서로의 용기

'나도 그런 고민 많이 했는데, 괜찮아!'

임신과 출산을 하며 어려움을 겪거나 고민하는 여군 동료들에게 꼭 해주고 싶은 말이다. 주변에는 비혼을 택하거나 결혼은 했지만 장기 선발이나 진급시기를 고려해서 아이는 낳지 않기로 한 딩크족 동료들이 하나 둘 생겨나고 있다. 다자녀를 출산해 인구 증가에 기여하는 동료들도 있지만 예전보다는 줄어든 듯하다. 비혼이나 딩크족을 택했건, 엄마의 길을 선택했건 그들이 무엇을 고민하는 지 잘 안다. 아니, 내가 경험해보니 이제 알겠다. 나 역시 그랬으니까.

원래 둔한 편이라 좀 힘들어도 그러려니 하고 견디다가 만삭 때까지 훈련 다 뛰고 뽕 출산하고 한 달이면 복직할 줄 알았다. 엄마라는 무게를 너무 만만하게 본 것이다. 그 대가는 혹독했다. 임신 4주차부터 무시무시한 입덧이 찾아온 것이다.

그 당시 나는 대대장을 보좌하는 주무과장으로서 부대에서는 2인자, 중요한 직책을 맡고 있었다. 더욱이 중요한 훈련을 앞두고 있어 부대원들 모두 훈련 준비에 여념이 없었기에 힘든 내색도 할 수 없었다. 임신과 입덧은 내 개인적인 문제라 여겼고, 부대와 훈련에 지장을 주면 안 된다는 생각뿐이었다. 어떻게든 견뎌보려 울렁거리는 속을 붙잡고 브리핑을 하고, 아무렇지 않은 척 무던히 애쓰며 훈련을 마쳤지만 더 이상은 괜찮은 척 할 수 없었다. 나에게만 강력한 입덧이 찾아 온 것인지 견뎌진다고 견뎌지는 문제가 아니었다. 시간이 갈수록 몸 상태는 악화되었고 음식

섭취도 거의 못해 영양보충을 위해 링겔을 수시로 맞아야 했다.

계속 이렇게 참아내야 하는 것일까? 아니면 보고하고 모성보호시간을 사용해서 휴식 시간을 가져야 하나? 일주일 넘게 고민했다. 오랜 고민 끝에 대대장님께 대면 보고를 드리지 못하고, 소심하게도 모성보호시간을 사용하고 싶다는 내용의 편지를 적어 메일을 보냈다. 대대장님께서는 흔쾌히 승인해주시고 오히려 그 간 부대가 바빠서 충분한 휴식여건을 보장해주지 못해 미안해 하셨는데, 감사함에 괜시리 찡했다.

누구도 나에게 개인적인 고충을 보고하지 말고 견뎌내라고 강요한 적은 없다. 오히려 군대 내 고충 해결 시스템은 매우 잘 갖춰져 있음에도 불구하고 차마 내 입으로 내가 힘들다고 말하는 것이 무척 힘들었다.

모성보호시간을 쓰고 싶다는 이 말을 한마디 하기가 왜 그리도 힘들었을까? 군인은 어려운 상황을 극복하고 임무를 완수해야 함에도 불구하고 내 개인적인 문제로 임무 수행하기 힘드니, 편의를 좀 보장해달라는 의도의 말들을 입 밖으로 차마 꺼내기 어려웠다. 임신은 너무나도 힘든 일임에도 불구하고 그 일을 해내야 하는 임산부가 누리는 혜택처럼 보일까 걱정도 컸다. 남들 다 일하는데 나만 빨리 퇴근하나? 나만 늦게 출근하나? 눈치 보일 때도 있을 것이며, 혹시나 경력이나 평정에 부정적인 영향이 있어 각종 선발이나 진급에 부정적인 영향이 있어 누락되지는 않을까? 걱정이 앞섰다.

다행히도 그런 고민이 생길 때 '괜찮아. 다 이해해. 임산부는 이런저런 걱정하지 말고 좋은 생각만 해. 너의 건강이 가장 중요해' 라고 말해주는 동료들이 있었다. 당시 함께 근무했던 여군 동료도 '육아 시간' 같은 일·가정 양립을 위한 제도를 먼저 활용하고 있었기에 나 역시 많은 도움과 힘을 받았고 '모성보호시간'을 쓰며 지휘관과 주변 동료들의 배려로 무사히 어려운 시기를 잘 넘기고 출산했다.

임신을 겪어보니, 임산부를 위한 여러 제도는 선택이 아니라, 건강한 출산을 위해 필수적인 제도였다. 과거 미혼에, 임신 경험이 없어 여군 동료들에게 무관심하거나, 좋은 멘토가 되지 못했고, 그들의 어려움들을 진심으로 공감해 주지 못해 진심으로 후회한다. 무지했던 시절 임신한 여군들이 야외 숙영 훈련에 빠지는 것이 부러웠고, 당직 근무에 제외되어 밤을 새지 않아도 되는 것이 부러웠다. 가끔 당직 근무에 제외되거나, 출산휴가로 장기간 부대를 비워야 하는 여군들을 향해 부정적인 심기를 표현하는 남군들을 보면서도 딱히 반감보다는 그러려니 생각하고 마는 방관자이기도 했다.

하지만 나도 점점 변해가고 있다. 임신한 동료들에게 먼저 다가가 힘든 점은 없는지 물어보고 정신적, 육체적으로 많이 힘든 시기에 사용할 수 있는 제도에 대해서도 꼭 알려준다. 그리고 나 역시 그런 부분에 대해 고민을 했었고, 보고하기도 어려웠지만 동료들은 우리가 걱정하는 것보다 많은 배려를 할 준비가 언제든 되어 있으니 걱정하지 말고, 필요하면 꼭 사용하라고 용기를 준다. 혹시나 주변의 무심한 말에 상처받고 힘들어하면 나 역시 경험하기 전에는 얼마나 힘든지 몰랐다고, 그 사람도 몰라서 그런 것이지 악의는 없었을 것이라고 다독인다. 우리가 어려운 시기를 잘 보내고 다음 후배들을 배려하면 그들은 조금 더 나은 환경에서 근무할 수 있을 것이기에, 잘 견뎌내자고 위로한다. 내가 좋은 동료들의 배려를 받았기에, 이번에는 내가 배려하고 나눌 차례다. 이런 이야기들을 편하게 나눌 수 있는 선배이자 동료가 되고 싶다. '나'라는 각자의 존재가 '우리'가 되었을 때 우리는 서로의 용기가 되어 줄 수 있다.

# 요즘 우리는

요즘 우리 가족은 일·가정 양립을 위한 자리를 잡아가고 있는 중이다. 육아휴직 종료 후 복직 초기 어린이집 하원 후 집에 가서 엄마가 없으면 대성통곡하던 둥이들은 이제 아빠 바라기가 됐다. 아빠와 함께 보내는 아침 시간이 엄한 엄마에 비해 너무 행복한가 보다.

남편과 나는 아이들 양육을 위해 '육아 시간'을 사용 중이다. 육아 시간은 만 5세 이하 아이를 양육하기 위해 2시간의 양육 시간을 보장, 2시간 범위내로 출·퇴근 시간을 조정하여 일찍 퇴근하거나, 늦게 출근이 가능하다. 내가 소속한 부대가 멀리 떨어져 있는 관계로 아침 어린이집은 남편이 09:00에 데려와 주고, 나는 16:30에 퇴근해 둥이들을 어린이집에서 하원시킨다. 현재 살고 있는 지역은 연고가 없어 서로 갑자기 일정이 겹치면 아이들을 맡길 곳이 없다. 다행이 우리 부부는 출·퇴근 시간이 규칙적이고, 훈련이나 당직 근무 일정을 미리 예측할 수 있어 서로 일정이 겹치면 미리 조정할 수 있으니 현재 군에 도입되어 있는 좋은 제도들을 사용할 수 있음에 정말 감사하다.

지금이야 이런 좋은 제도들이 있어, 안정적인 육아를 할 수 있도록 군인들을 지원하고 있지만 과거 이런 제도가 없이 군 생활을 하면서 육아를 했을 선배님들을 생각하면 같은 엄마로서 너무 안쓰럽다. 각종 훈련과 업무에 숨실 틈 없이 바쁜 와중에 육아라니, 존경스럽기까지 하다. 결혼 전 모 선배가 이런 얘기를 했었다. 여군은 통상 결혼을 하면, 육아와 가정을 택해 일찍 전역하거나 진급 욕심 부리지 않고 현재 계급에 머무르게 된다. 육아와 가정을 잘 돌보면서 일까지 잘해내기는 어렵기 때문이다. 혹은 주변에서 그렇게 고생하는 것을 지켜보는 다른 여군들은 비혼을 택하기도 한다고 했다. 나에게도 사서 고생하지 말고 혼자 살라는 요지의 말이었다. 그때는 잘 몰랐지만 지금 생각해보면 아주 틀린 말은 아니다. 나도 가끔은 육체와 정신까지 탈탈 지쳐 다 그만둘까 하는 생각이 들 때도 있으니 말이다. 하지만 주변에서는 결혼해서 장성한 자녀들과 함께 살면서도 포기하지 않으시고 진급하며 승승장구 하시는 여군 선배님들도 계신다. 자녀도 둘, 셋인 경우도 있다. 그 분들도 나와 같은 시기에 얼마나 많은 고민과 어려움을 극복해내기 위해 노력을 하셨을지 눈에 선하다.

미리 일정은 예측 가능하지만 우리에게 마냥 안정적인 나날들만 있는 것은 아니다. 가장 눈앞이 캄캄해지는 순간은 남편과 훈련 일정이 겹칠 때이다. 군인이라면 당연히 수행해야 할 훈련이지만, 둘 다 일정이 겹치면 육아를 해결할 방도가 없다. 남편과 나 둘 중 한명은 훈련 기간 중 퇴근을 하던지, 훈련을 열외 하던지 해야 한다. 올해도 동계 전술 훈련(혹한기 훈련으로 알고 계시는 그 훈련이다.)을 해야 하는데, 우리 부부의 훈련 일정이 똑같았다. 다행히 남편 부대는 육아를 위해 퇴근 가능하다고 하여 한시름 놓았다.

3월에 또 다른 훈련 파견을 앞두고 우리 부부가 둘 다 가야할 상황에 놓였다. 이번엔 내가 부대에 훈련 참여가 어렵다고 이야기 할 차례다. 남편만 희생시킬 수는 없는 노릇이다. 이럴 때는 참 난감하다. 훈련에 참여하기 싫어서 그러는 것이 아님에도 군인으로서 마땅히 해야 할 임무를 수행하지 못한다고 말하는 것이 참 죄송스럽다. 혹시나 훈련을 참여하기 싫어 육아를 핑계로 댄다거나, 사적인 이유로 공적인 임무를 수행하지 않는다는 부정적인 시각으로 비춰질까 두렵기도 하다. 내 의도는 그게 아니고 오해 받는 것도 가슴 아프지만 그 부분은 워킹맘이자 군인으로서 내가 감당해야 할 무게다.

남편과 훈련 일정이 겹치는 것은 개인적인 사정이라 훈련에 참여하기 직전까지 갔다가 다행히 대대장님께서 적극적으로 조치해 주셨고, 나를 대신해 후배 장교가 훈련에 참석하게 되었다. 상급부대에 훈련을 제외시켜 달라는 부탁을 하기 껄끄러우셨을텐데 부하의 어려움을 외면하지 않으신 대대장님과 장기간 파견이라 부담스러웠을 텐데 군 말없이 대신 훈련에 참가해 주는 후배도 진심으로 감사했다.

부부 군인으로 살아가면서 또 다른 어려움도 있다. 각자 임무로 장기간 파견을 가게 되는 상황이면 남아 있는 사람이 아이들을 혼자 양육해야 하는 홀로 양육자가 된다. 짧으면 관계가 없지만 2주 이상, 혹은 한 달 이상의 파견이라면 이야기가 달라진다. 우리는 일과가 종료되는 시점부터 다음날 일과 시작 전 까지 다른 동료들의 휴식 여건을 보장하기 위해 부대에 남아 부대를 지키는 당직 근무를 투입한다. 남편이 3주간 파견을 가 있는 동안 나는 홀로 양육자가 되었다. 더군다나 훈련기간 동안 당직 근무에 편성되어 집에 들어가지 못하는 날이 발생했다. 큰일이다. 내가 집에 들어가지 않으면 우리 아이들은 누가 집에 데려다 먹이고 재운단 말인가? 군에서는 홀로 양육자가 되면 당직 근무를 면제해주는 제도가 있어 나와 같은 경우도 적용이 가능한가 싶어 알아봤지만 우리 부부는 적용대상이 아니었다. 별거 가족들을 대상으로 적용되었기에 함께 살고 있다가 일정기간 파견을 가는 경우는 적용이 제한 되었다. 같이 근무하는 여군 동료도 남편이 장기간 파견으로 홀로 양육자를 신청하려 했지만 동거 상태였기에 적용이 되지 못했고 아이를 맡길 곳이 없어 당직 근무 순번을 미리 당겨 투입했다. 물론 미리 당겨서 투입하면 그만 이겠지만 앞으로도 나와 같은 부부 군인들은 비슷한 이유로 수차례 어려움을 겪을 것이다.

지금 군에서 지원해주는 좋은 제도들도 충분한데 개개인의 사소한 부분까지 고려해서 여건을 보장해줘야 하냐는 시각이 있을 수도 있다. 그 의견도 충분이 공감한다. 제도들도 나날이 더 피부에 와 닿도록 구체적이고 실질적으로 바뀌어 가고 있다. 하지만 제도의 공백을 메우기 위한 노력도 지속적으로 필요하다. 실제 경험를 해보니 알게 되는 위와 같은 어려움들은 지금을 경험하고 있는 우리 육아 선배들이 나중의 육아 후배들을 위해 개선하기 위해 노력해야 할 몫이 아닌가 싶다.

결국 나는 귀한 엄마 찬스를 또 쓰고야 말았다. 엄마 찬스는 절체절명의 순간에만 써야한다. 집이 전라남도라 지금 거주하고 있는 곳과는 6시간 정도 걸리는 거리이기 때문이다. 어렸을 적부터 청개구리처럼 반대로만 하던 딸 키우느라 고생했던 우리 엄마는, 지금도 딸 뒷바라지에 손자 손녀 업어주느라 허리가 휘신다.

# 봄 타나 봄!

"나 우울해." 남편은 적잖이 놀랐다. 성질은 잘 부려도 힘든 내색은 거의 안하는 내가 한 말이라 더 그랬나 보다. 우울한 게 아니라 봄 타는 거라며, 구두쇠가 갑자기 갖고 싶은 게 없냐고 물어본다. 그런데, 신상을 가진다고 개선될 게 아니었다. 많이 심란했고, 모든 일에 의욕이 없고 즐겁지 않았다. 마음의 허기였다.

그 허기는 왜 생겼을까?

복직 후 떨어지지 않으려 하는 아이들을 집에 두고 출근하기까지, 아이들이 엄마의 부재를 적응하기까지, 나 역시 부대와 임무에 적응하기까지 많은 불안함과 어려움의 연속이었다. 아이들은 엄마, 아빠와 충분한 시간을 가지지 못해 애정결핍이 걸리지 않을까, 집은 제대로 청소하지 못해 난장판일 것이며 부대에서는 업무에, 집에서는 육아에 시달려 우리 부부도 지쳐가고 피폐해질 것이라며 지레 짐작하고 걱정했다. 하지만 며칠이 지나자 의외로 아이들은 안정을 되찾았고 남편은 내 입장을 이해하니 더욱 잘 도와준다. 사실상 내가 괴로웠던 것은 함께하는 시간이 줄어들 것에 대한, 부재에 대한 미안함이었을 뿐, 걱정에 비해 우리 가족은 너무나 잘 지내고 있다.

그에 비해 부대에서의 내 모습은 많이 부족하다. 결혼 전, 엄마가 되기 전과 비교하면 부대와 임무를 위해 투자하는 시간이 턱없이 적어졌다. 급한 일이 있으면 야근도 하고, 밤을 샐 수도 있으며 새벽에도 출근해야겠지만 그마저도 쉽지 않다. 급한 일이 생겨 빨리 부대를 들어가야 하는

데 남편이 없으면 아이들을 맡길 곳이 없어 발을 동동 구르기도 한다.

더군다나 휴직도 1년 간 다녀와서 감도 떨어진 것 같고, 체력과 기억력도 예전만 못한 것 같아 아이들 때문이 아닌 내 자신 때문에 다시 휴직을 해야 하나? 포기하고 다른 일을 찾아야 하나 고민도 많았다. 내가 지금 임무를 제대로 수행하는 게 맞는 것인지 자신감도 사라졌다.

과거와 끊임없이 비교하면서 잘하고 있나? 일도 육아도 제대로 못하는 것 같은데 둘 다 잘해보겠다고 욕심내다 동료들에게는 민폐를 가족들에게는 상처를 주는 것이 아닌가 괜스레 미안하고 눈치도 보였다. 일이 잘 풀리지 않을 때는 일찍 퇴근하느라 시간을 많이 투자 못해서 그런 걸까? 육아까지 하려다 보니 업무에 대한 집중력이 떨어진걸까? 혼자 자책하기도 하며 전역을 고민하기도 했다.

무엇이 그리 미흡하다며 걱정일까? 이렇게 계속 부족한 채로 이리 밀리고 저리 밀려 진급도 안되고 그저 그렇게 끝날까봐? 그럼 초라해지기 전에 군무원이나 다른 직업으로 전환할까? 그럼 자존심이 용납하겠니? 해보지도 않고 포기하는 것을? 그렇다고 희망도 승산도 없는 것을 어떻게든 해보겠다고 버티느라 애쓰는 것 아닐까? 계속 답도 없는 고민을 도돌이표처럼 반복했다.

지금 마음의 허기는 소강상태다. 다행히 봄을 탔나 보다. 하지만 이런 고민의 중심에 서있는 한 언젠가는 다시 밀려들 것이다. 답은 없다. 끝도 없다. 수많은 걱정이 밀려와 힘없는 내 자신이 한없이 초라해질 때도 있지만 한가지 분명한 것은 허기의 원인을 아이들에게서 찾지는 않으려 한다. 원인이 육아 때문이라는 생각을 하게 되면 사랑스런 아이들이

짐처럼 느껴질까 두렵다. 아이들은 내 성공과 진급을 원하는가? 대답은 아니다. 그들은 그냥 같이 놀아주기만 하면 된다. 그저 일과 육아를 둘 다 잘하고 싶은 내 욕심 때문이다.

# 육아 전우

신상 선물 약속으로 우울증도 극복하게 해주려 노력하는 그 사람, 행복에 좀 더 집중하고, 행복에 가까운 방향으로 선택을 할 수 있는 원동력이자 힘을 주는 존재에 우리 남편 홍준선을 빼 놓을 수 없다. 그는 나보다 두 살 연하, 2년 후배 장교로 통상 우리끼리 언어도 나에게 짬밥, 쌀밥 다 안 된다. 그래서일까 처음에는 어떻게든 나를 이기고 기득권을 쟁취하려 잔머리 큰머리 총 동원해 공략하더니 지금은 임신과 출산, 육아를 함께 하며 세상 다정하고 따뜻한 인생의 동반자이자 친구이며, 육아라는 전투에서 생사고락을 함세하는 전우가 되어가고 있다.

그를 처음 만난 건 아프리카 케냐 공항이었다. 한빛부대(남수단 재건 지원단) 보급장교 파병시절 그는 전임자였고, 인수인계를 하며 처음으로 대화했다. 뜨겁디 뜨거운 아프리카 한 가운데서 이것저것 친절히 알려줬던 것이 감사해 귀국해서도 친한 선후배 사이로 밥 먹고, 차 마시다 술 한잔 하다보니

연인이 되었다. 늦은밤 커피숍에서 결혼 약속을 안하면 집에 안가겠다는 그를 달래기 위해 얼떨결에 한 대답에 결혼은 일사천리로 진행되었다.(이 부분은 모든 부부들이 그러하듯 서로의 기억이 다르다. 그는 내가 그랬다고 믿고 있다.)

태양의 후예 마냥 파병에서 처음 만나 결혼까지 로맨틱하기 그지없어 보이지만, 우리에게도 치열하게 싸우던 시기가 있었다. 내 캐리어에는 즉각 출동 준비 상태로 문 앞에 항시 대기 중이었고, 여차하면 친정에

내려가겠다며 별거 직전 위기의 순간들이었다. 쌍둥이들이 6개월 되었을 무렵이었다.

신생아들을 키울 때는 열혈 엄마로서 패기가 넘쳐 별도 달도 따다줄 기세로 돌봤다. 다행스럽게도 쌍둥이들은 6~7개월 무렵부터 엄마가 너무 힘들어 보였는지 통잠을 자주었는데, 통잠을 자기 전까지는 거의 매일 밤을 샜는데도 힘들지 않았다. 친정은 너무 멀고, 남편은 출근해야 해서 육아는 오롯이 내 몫이었고 남편은 육아 외적인 부분인 빨래, 설거지, 젖병세척 및 소독, 요리, 청소, 분리수거 등 모든 것들을 해줬다. 하지만 정신없던 신생아 시기가 지나고 보니, 딱히 할 일이 없으면 내가 아기들을 먹이고 씻기는데 남편은 TV보며 누워있는 것이 포착되었다.

순간 아차 싶었다. 왜 우리 집에서 아기들을 먹이고 씻기는 일은 내 몫일까? 아빠는 더 깊이 육아에 관여할 수 없나?' 할 수 있다, 없다'로 답할 수 없는 문제였다. 나 역시 통상 양육은 엄마의 몫으로 보고 배우고 자랐기 때문에 남편은 깊이 관여하지 않아도 된다고 당연시 여기고 있었던 것 같다. 나의 부모님도 함께 일하셨지만 새벽부터 일을 나가고 저녁 늦게 돌아오셔도 남매들의 밥을 차려주는 것도 엄마의 몫, 씻기고 재우고 집안일도 엄마의 몫이었다. 그래서일까 지금까지 아기들을 돌보는 일은 당연히 내가 해야 할 일이라 여겼다. 하지만 앞으로의 상황은 다르다. 내가 복직하게 되면 장기간 훈련이나 불가피한 임무 수행으로 집을 비울수도 있는데, 그렇게 되면 엄마에 집중되어 있는 육아가 공백이 발생할 것이기에 남편의 육아 영역을 좀 넓힐 필요가 있었다.

이 과정은 절대 순탄치 않았다. 우리 둘은 성발 지열하게 싸웠다. 남편은 왜 본인이 이것까지 해야 하는지 받아들이지 못했고, 나는 같은 부모인데 모든 것을 엄마가 해야 하냐는 논리로 버텼다. 싸움은 절정으로 치달았고 의견을 좁히지 못해 친정으로 짐을 싸서 내려가기 직전, 남편이 처음으로 이렇게 말했다. [그래야 하는지 몰랐어, 나도 아빠는 처음이잖아] 이 한마디에 마냥 이기적이고 부성애가 부족하다며 비판만 하던 남편을 처음으로 이해하게 됐다. 그 역시 집안일과 양육은 엄마의 몫으로 보고 배우고 자랐을 터였기에 육아 외적인 집안일을 도와주는 것 자체도 엄청나게 도움을 주는 것으로 생각하고 있었던 것이다. '나 엄청 잘하고 있는데 왜 칭찬을 안해주고 자꾸 잔소리만 해대는 거야' 그 당시 그의 속마음이 이렇지 않았을까?(그는 칭찬에 매우 약하다) 지금 도와주는 자체로도 너무나 감사하지만 맞벌이 부부이자 쌍둥이 부모로 살아가기 위해서는 그도 육아에 대해 연습이 필요했다.

남편도 노력했다. 아이들 대변 닦는 것부터 시작해 아이들 식사 준비, 식사 후 정리, 수면 교육 등 함께 하는 영역을 점차 늘려갔다. 그는 육아의 달인이 되었고 나와 호흡이 찰떡인 육아 파트너가 되었다. 이젠 말하지 않아도 여러 상황이 닥쳤을 때 서로에게 무엇이 필요한지 잘 알고 대처한다. 아이들이 다니는 소아과에서는 간호사들 사이에서 칭찬이 자자하다. 많은 아빠들을 봐왔지만 이렇게 능숙하게 아이들을 잘 돌보는 아빠는 처음이란다. 뿐만 아니라 내가 지인과 약속이 생기거나 외출할 일이 생기면 홀로 둥이들을 감당하며 나도 사회 구성원으로서 역할을 수행할 수 있도록 도와준다. 어려운 관문들을 포기하지 않고 잘 넘어갈 수 있도록 언제나 함께해주는 남편, 지금도 내가 글을 쓸 수 있도록 아이들을 재우고 있을 그에게 그저 감사하다.

더불어 우리 쌍둥이들도 지금의 엄마, 아빠의 모습을 보면서 '엄마와 아빠가 해야할 일이란 이런 것이다'라는 고정되어 있는 명제보다(가령 엄마는 집안일, 아빠는 바깥일), 서로 필요할 때 자연스럽게 도와주는 모습이 이상적인 부부의 모습이라고 배우길 바란다. 또한 나중에 우리 아이들도 자라서 그런 엄마와 아빠의 모습이 되어주길 바라본다.

## 희망 사항

「청바지가 잘 어울리는 엄마,

밥을 많이 먹어도 배 안나오는 엄마,

멋을 내지 않아도 멋있는 엄마 난 그런 엄마가 좋더라」

그런 엄마가 되고자 매일 스트레칭과 근력운동을 위해 홈트레이닝을 한다. 헬스장을 다니고 싶었지만 일, 육아에 헬스장까지 다니는 것은 도저히 엄두가 나지 않았다. 홈트레이닝도 한 달 정도 지나니 습관이 되었고 몸이 전체적으로 튼튼해진 느낌이다. 적지 않은 나이에 출산을 해 건강관리를 잘해야 아이들이 자리 잡을 때까지 뒤에서 지켜줄 수 있으리라.

운동으로 청바지가 잘 어울리고 밥을 많이 먹어도 배 안 나오는 엄마가 될 수는 있지만, 멋을 내지 않아도 멋있는 엄마는 가장 어려운 미션이다. 내면이 멋있어야 외면으로 멋이 우러나오는 법인데 나의 내면은 아직 유리라 작은 충격에도 숱하게 많은 금이 간다. 언제쯤 강화유리 수준으로 업그레이드가 되는지 앞으로도 많은 공부와 마음의 수양이 필요하다.

파병 시절 심적으로 많이 위로가 되었던 후배이자 동생이 있다. 그녀는 정신과 전문 간호장교여서 대화할 때 마다 마음을 편안하고 따뜻하게 만들어 주는 능력을 가지고 있다. 각자 부대 임무와 가정을 꾸리다보니 자주 만나지는 못하지만 가끔 대화를 할 때마다 많은 것을 위로받고 배우곤 한다. 얼마 전 이런 말을 듣는데 가슴에 콕 박혔다.

"이번 생은 이 정도면 잘 살았지 싶다. 먹고 살 만하게 월급 받고, 가정 있고, 이쁜 아가들도 있고."

그녀는 항상 나보다 더 성숙하고 긍정적인 생각을 한다. 가끔 불안해하고, 고민하고, 걱정하는 이유를 정확히 알고 있다. 내가 부족한 부분에 스트레스 받고 있을 때, 그 반면 무엇을 가지고 있는지를 일깨워준다. 뭐든 잘하려고 애쓰는 모습이 안쓰러웠는지도 모른다. 조금 내려 놓아도 된다고, 부대에서도 가정에서도 충분히 잘하고 있으니 걱정하지 말라고 에둘러 위로한다.

하지만 마음의 여유가 쉽게 생기지는 않는다. 군 생활 14년차이니 임무 수행은 베테랑, 적지 않은 나이라 지혜로운 육아도 해낼 거라 위로 받지만 나 역시 모르는 것 투성이라 많이 배워야 하고 멘탈은 약하기 그지없다. 욕심은 많아서 애매하지 않게 완벽하게 잘해내고 싶지만 생각처럼 쉽지 않은 현실에 좌절하고, 스스로에게 이것밖에 못하니 질책하기도 한다. 아직도 가야할 길은 멀고, 넘어야 할 산은 많다. 지금이야 많은 배려들 속에 여러 위기의 순간을 잘 넘기고 있지만, 이런 배려도 항상 받을 수 있는 것이 아님을 잘 알고 있다.

그럼에도 불구하고, 숱한 좌절과 위기에도 나는 왜 지금 이 순간도 군복을 입고 있을까? 그것은 군인임이 자랑스럽기에, 가는 길이 험하다고 포기하고 싶지는 않기 때문이다. 군인이 지키는 대상, 군인이라는 직업이 가지는 사명감과 가치가 자랑스럽다. 막중한 책임이 어렵고 부담스러울 때도 많지만, 국가를 위해 가치 있는 임무를 수행한다는 자부심이 포기하고 싶을 때마다 조금 더 견뎌보라 잡아주있다. 15년 전 얼굴 위장을 한 채 훈련 받으며 웃고 있는 여군 사진이 실린 포스터에 그저 호기심으로 여군을 지원했고, 추워서 죽을 것 같은데 야외에서 꼭 훈련을 하고 숙영을 해야 하나 힘들다며 전역을 고민을 했고, 내 일 아니면 그러려니 무관심하고 이기적이었던 내가, 많은 고민과 어려움을 겪고서야 이제는 조금씩 군인이라는 가치를 이해하고 동고동락하는 동료들을 소중히 여기며 배려하는 방법을 배워 가고 있다. 나의 20대 이후 정신적 성숙은 그 동안 모셔왔던 훌륭하신 지휘관들을 비롯한 전우들과 함께 했다. 앞으로도 좋은 동료들과 계속 함께 성장하고 싶다.

항상 좋았던 것은 아니다. 바쁘고 어려운 임무수행 여건 속에서 혹은 복잡한 인간관계 속에서 때론 상처를 받았고, 나도 누군가에게 상처 줬을 것이다. 어려운 상황이 닥칠 때, 상처들과 고민, 아픔들도 마음의 근육을 점점 단련시키고 있다. 이제 예전과 다른 모습과 나를 향한 부정적인 시선, 경력에 부정적인 영향을 받을 것이라는 걱정은 살짝 접어둔다. 언젠가 또 위기의 순간에 불쑥 펼쳐져 나를 괴롭히겠지만, 어찌 되었든 지금 이 순간 나의 소명은 부대를 위해 최선을, 퇴근 후에는 엄마로서 최선을 다하는 것이기에.

태어난 순간부터 모든 것이 감사했던 아이들에게도 부끄럽지 않은 멋있는 엄마가 되고 싶다. 쌍둥이를 임신했다고 하자, 쌍둥이는 한 명 키우는 것보다 두 배 힘들다는데, 남매 쌍둥이는 네 배 힘들 것을 각오해야 한다며 많이들 걱정하셨다. 하지만 하늘이 무너져도 솟아날 구멍이 있는 법, 우리 쌍둥이들은 처음부터 잘 먹고 잘 자고 잘 놀아주었고, 엄마가 바쁜 것을 아는지 까칠하거나 예민함 없이 둥글고 건강하게 잘 자라주는 덕에 수월한 육아를 하고 있다. 버킷리스트 중 하나는 학부형이 되었을 때 멋진 전투복을 입고 일일 방문교사가 되어 아이들에게 군인들이 얼마나 멋있는 임무를 수행하는지 설명해주고 싶다. 나의 초등학교 시절 방문교사로 오셨던 간호사, 경찰관이 어찌나 멋있던지 한 때 그렇게 되기를 꿈꾸기도 했다. 엄마가 어떤 일을 하는지 이해하고, 가끔 오랫동안 집을 비우게 되더라도 불안감과 슬픔보다는 나라를 지키기 위한 훈련임을 자랑스럽게 여기게 되기를, 멋을 내지 않아도 멋있는 엄마가 되기를 바래본다.

# 엄마인데 대학원생입니다_이슬비

## 좋은 엄마이고 싶은데 멋있는 어른도 되고 싶어요

"이제 학교로 다시 돌아오긴 힘들겠구나."

대학원 단체 채팅방에서 내 출산 소식에 한바탕 축하가 오고 간 후 던져진 선배의 말에 나는 곧장 대꾸하지 못했다. 이미 출산과 육아를 이유로 학위를 중단한 여성 동기가 채팅방에 둘이나 있었다. 선배는 10년간 학교에 있으면서 아이가 있는 여성 학우들이 학교로 돌아오지 못하는 광경을 숱하게 봐왔다고 했다. 그 이야기를 들으며 나 역시 지금은 볼 수 없지만 눈부시게 똑똑했던 학우들의 얼굴을 떠올렸다.

출산 후 1년, 나는 학교로의 복귀를 마음먹었다. 외롭고 파편화된 각자도생 현실에서 문화로 사람들의 영혼에 쉼터를 건설하는 것. 이것은 문화 기획자이자 연구자로서 나의 사명이자 오랜 꿈이다. 그리고 이 꿈을 이루기 위해 나는 공부를 다시 시작해야만 했다.

하지만 주변 사람들은 대부분 내 선택을 걱정했다. 아이가 어린데 공부를 꼭 지금 해야 하냐는 말도 많이 들었다. 그리고 나 역시 정말 지금이어야 하는가에 대해 수없이 고민했다. 아이가 이제 겨우 걸음마를 뗀 시기였다. 그러나 고민이 깊어질수록 과연 엄마가 공부하기 알맞은 '나중'이란 건 언제일까 생각했다. 아이가 어릴 때는 애가 너무 어리니까, 조금 큰 후엔 초등학교 입학하면 엄마 손이 제일 많이 갈 때니까, 중고등학교 때는 아이 공부 신경 써야 하니까. 그렇게 한 존재를 사회적 인간으로 키워낸 후, 그 이후가 되어서야 엄마의 꿈은 다시 시작할 수 있는 것일까. 엄마가 가정에서 사회로 복귀할 수 있는 '좋은 때'란 정말 있는 것일까. 고민 끝에 나는 많은 현실적 어려움에도 불구하고 다시 학생이 되기로 선택했다.

아이와 함께할 시간을 쪼개 쓰게 됐다는 죄책감이 강하게 뒤따랐다. 그러나 지금 시작하지 않으면 평생 학교로 돌아오기 어려울 것임을 알고 있었다. 그리고 무엇보다 나는 증명하고 싶었다. 선배의 말이 틀렸다는 것을. 아이를 가진 엄마도 얼마든지 훌륭한 연구자가 될 수 있다는 것을 보여주고 싶었다.

이처럼 각오를 다지고 다시 시작하게 된 공부였지만, 이제 갓 돌이 지난 아이를 키우며 공부가 삶이자 일상이 되어야 하는 대학원 생활을 제대로 해내는 것은 매우 어려웠다. 밤을 새워 공부 시간을 채우느라 제대로 잠을 자지 못해 수척해졌고 누가 차려 준 밥도 제대로 먹지 못하는 날이 대부분이었다. 나라는 존재는 훌륭한 연구는커녕 엄마 역할을 해내는 것 하나만으로도 힘에 부쳐 어쩔 줄을 몰랐다. 아이를 나날이 사랑하게 되는 것과는 별개로 미래에 대해 막막함과 두려움을 느꼈다. 아이를 잘 기르면서 일과 공부도 모두 해낼 수 있을까. 할 수 있을 거야, 아니 할 수 있을까. 자꾸만 뒷걸음질을 치고 싶었다. 남편은 불안해하는 나를 위로하기 위해 너랑 아기는 충분히 내가 먹여 살릴 수 있으니 무리하지 말라고 말하곤 했다. 그 마음을 알기에 고마웠지만 한편으로 화도 났다. 이건 비단 '먹고사니즘'에 대한 문제가 아니라 내 미래와 꿈에 대한 거였다. 당신은 몸도 커리어도 잃는 게 없으니 평안하시겠지. 나도 모르게 남편에게 비아냥거리곤 금세 후회하기도 했다. 학교와 회사를 떠나야 했던 동료들의 마음이 비로소 진짜 이해되었다. 이때 엄마로서, 학생으로서, 노동자로서 다중적인 내 정체성에 대한 고민이 시작되었던 것 같다.

난 거창한 무언가를 바란 것이 아니라 그저 하던 일을 계속하고 싶을 뿐인데. 지난 오랜 시간 동안 나는 딸이자, 동생이고, 친구였으며, 학생이고, 노동자였다. 완벽하다고 말할 순 없겠지만 그동안 나의 사적, 공적 역할들은 크게 충돌하지 않고 무탈하게 공존해왔다. 그랬기에 아이를 낳으러 분만실에 들어가기 직전까지 나는 내가 어느 정도는 잘 해낼 수 있지 않을까 생각했다. 아이의 힘찬 울음소리와 함께 내 다양한 정체성에 엄마라는 역할이 더해졌고 나는 그것을 지금까지처럼 열심히 해볼 참이었다.

그러나 엄마가 되자 열심히 하는 것만으로 문제는 해결되지 않는다. 이 사회에서 엄마가 된다는 건 지금껏 겪어보지 못한 종류의 태도를 필요로 하는 것이었다. 엄마이면서 또 다른 무엇을 꿈꾸려 하자 곧바로 이전과는 다른 여러 문제와 고민이 나를 덮쳐왔다. 아이에게 백퍼센트 몰입하지 않으면 당장 야박한 평가에 노출된다. 복잡한 세상 속에서 한 개인이 짊어져야 하는 역할들은 점차 늘어만 가는데, 이 역할들을 모두 해내고 싶어 하면 너무 쉽게 욕심이 많다고 평가받는다. 특히 그 욕심쟁이가 엄마라면 더욱 더. 이기적이라거나, 아이에게 미안하지도 않냐는 비판도 감수해야 한다.

게다가 자식이라는 존재는 지금껏 겪어 온 여러 관계들과는 질적으로 매우 다른 감정을 내게 안겨준다. 나 자신이 아닌 다른 존재를 이렇게까지 사랑할 수 있을까 싶을 정도로 아이가 사랑스럽다. 아이가 한 인간으로 행복하게 성장할 수 있도록 부모인 내가 할 수 있는 일이 있다면 무엇이든 할 각오도 되어 있다. 그러다 보니 내 다리를 붙잡고 엄마 사랑해-하고 속삭이는 아이의 얼굴과 마주할 때마다 엄마이면서 공부도 일도 지키고 싶어 하는 내 선택에 회의를 느끼는 때도 많이 있다. 내 꿈을 지탱하고자, 내 행복을 찾고자 아이에게 쏟을 여유와 에너지까지 빚지고 있는 지금 이 상황이 아이에게 미안해지곤 한다. 열정과 사랑과 책임감 사이에서 아마 나는 앞으로도 오랜 시간 고뇌하고 망설일 것을 안다.

나는 난생처음 오늘을 살아간다. 한 인간으로서, 엄마로서 '인생의 오늘'에 대해 연습도 리허설도 없이 막은 올라버렸다. 단 한 번도 오늘이란 이 무대에 서 보지 못한 인생 초보인데 전적으로 나와 호흡을 맞춰야만 하는 아기도 있다. 그렇다면, 자신이 없다고 해서 나는 이 무대를 포기하고 내려갈 것인가. 고민 끝에 나는 성실하게 무대를 끝마치고자 결정한다. 초보 주제에 혼신의 애드리브로 꽤 괜찮은 레퍼토리를 만들어 낼 은밀한 야망도 가지고 있다. 누군가 나와 비슷한 이야기로 인생이란 무대에 오르게 된다면 나의 서툰 졸고나마 참고하여 조금 덜 힘들게 자신의 작품을 만들 수 있도록. 학교에서 누구보다 반짝반짝 빛나던, 누구보다 명석하던 그리운 그 얼굴들과 재회할 날이 조금 더 빨라지길 기대하면서.

엄마가 되었다고 해서 모든 것, 모든 시간이 엄마로 환원되어야 하는 것은 아니리라 믿는다. 일과 공부를 포기하지 않는다고 해서 내가 아이를 사랑하지 않는 것도 아니다. 엄마가 된다는 건 여성의 인생에서 종착점이 아닌 또 다른 인생 국면이다. 엄마의 역할과 더불어 나는 내게 주어진 수많은 날들을 기쁘게 경험하며 열심히 살아가야만 한다. 온 우주의 기운을 끌어모아 태어난 소중한 존재로서 우리는 모두 좋은 '어른'으로 성장할 의무가 있다.

좋은 엄마이고 싶은데 훌륭한 어른도 되고 싶다. 그렇기에 나는 온 힘을 다해 내게 주어진 많은 역할들을 모두 포기하지 않고 수행하고자 한다. 이것은 때로 일과 가정 사이에서 중심을 잡아야 하는 위태로운 외줄타기와 같겠지만 나는 계속 이 도전을 멈추지 않으려고 한다.

그런 의미에서 이 글은 '엄마 이후'를 맞이한 한 인생 초보의 사적이면서 공적인 성장 기록이다.

# 코로나19 시대의 엄마 대학원생

책상 앞 창밖으로 푸른 빛이 번진다. 아침이 오려나 보다. 밤새 모니터 불빛에 노출된 뻑뻑한 눈에 인공눈물을 넣어보지만 이미 만성이 된 안구건조증은 나아질 기미가 없다. 2020년 12월 셋째 주, 회사에 제출해야 할 사업 결과 보고서 작성과 학교 기말 소논문 제출로 바쁜 시기를 보내고 있다. 지난밤 10시부터 줄곧 책상 컴퓨터 앞에 앉아있었건만, 마음만 바쁘지 진행은 지지부진하기만 하다.

일회용 인공눈물을 하나 더 따서 양쪽 눈에 반씩 떨어뜨려 본다. 책상 의자에 앉은 채 고개를 젖히고 눈을 감는다. 다시 공부할 줄 알았으면 라식 수술은 하지 말 걸 그랬나 실없는 생각을 하다가, 내 몸에 걸친 모든 것에 손을 뻗치는 나의 아들 현이를 떠올리곤 안경과 이별한 것은 역시 잘한 선택이었다고 결론 내린다. 일주일 넘게 쪽잠으로 연명해서인지, 매일매일 들이붓다시피 하는 카페인 때문인지 뒷골부터 몸 전체가 심장인 것처럼 쿵쿵 뛰어댄다. 피곤하다. 한 2~3일만, 아니 하루만 잠 좀 푹 자봤으면.

잠시 그러고 있으니 어느새 시간은 새벽 6시. 여느 때처럼 이른 출근 준비를 마친 남편이 방문을 열고 들어와 인사를 한다. 현관에서 남편을 배웅하고 현이가 잠든 방으로 들어가 본다. 낮게 코를 골며 잠든 아이의 얼굴을 보자 사랑스러움에 가슴이 벅차오른다. 나 자신이 아닌 다른 존재를 이렇게까지 사랑할 수 있는 걸까. 동물들이 가득 그려진 애착 이불을 꼭 쥔 채 잠든 아이의 머리를 쓰다듬으며 생각한다. 이 아이의 인생에 할당된 아픔과 불행이 있다면 모조리 내 몫으로 하고 싶다고. 잠시 누워 아이를 토닥이다 포근한 이불이 나를 끌어당기는 느낌에 벌떡 다시 일어난다. 해야 할 일이 산더미인데, 이대로 잠들면 끝이다.

삐걱거리는 몸을 간신히 책상 앞에 앉히는 데 성공한 후, 습관처럼 검색창에 검색어를 입력한다. '코로나 확진자 수'. 오늘은 2020년 12월 16일, 지난밤 국내 최종 확진자 수는 총 1,078명. 어제도 휴대폰을 쉼없이 울리던 확진자 발생 문자를 떠올리면서 나는 갈등하기 시작한다. 현이를 어린이집에 등원시켜야 하나 말아야 하나. 가정 보육을 하면 일과 과제를 하지 못할 것이고, 어린이집에 긴급 보육을 보내자니 걱정이 앞선다. 연일 확진자가 발생하는 이 시점에 이런 고민을 하는 것이 아이에게 미안하고, 사회적으로 죄스러운 마음이 들기도 한다. 나는 객관적으로 봤을 때 집에 있으면서, 돈을 제대로 버는 것도 아니면서, 쓸데없이 바쁘기만 한 엄마이기 때문이다.


2020년 코로나라는 세계적 재난 속에서, 매일 돌봄 전쟁을 치르고 있다. 올해 초, 아이를 어린이집에 입학시켰다. 고심 끝에 박사를 시작하게 되었고, 임시직이지만 내 연구 주제와 관련된 공공 기관의 연구 프로젝트에도 참여하게 되었기 때문이다. 다행스럽고 고맙게도 현이는 무사히 어린이집 생활에 적응해 주었고, 남편과 친정 엄마도 나의 선택을 적극적으로 지원해 주었다. 일주일에 이틀은 강의 세 과목을 듣고, 이틀은 양주에서 광명까지 왕복 5시간 거리의 회사에 종일 출근을 하고, 하루 남은 평일과 주말엔 아이가 잠든 틈을 이용해 밀린 공부와 발표 준비를 하는 날들이 이어졌다. 공부와 일, 육아를 병행하며 시간은 정신없이 흘러갔다. 줄일 수 있는 것이 자는 시간뿐이라 쪽잠을 자며 버텼다. '아이 떼놓고 밖에 나와 내 꿈 찾고 있다는 죄책감'에 더욱 시간을 허투루 낭비하지 않으려고 최선을 다했다. 아이를 낳고서도 꿈을 향해 도전할 수 있다는 것이 현실적으로 얼마나 운이 좋아야 하는 지 알기에 힘들다는 생각 자체를 하지 않으려고 했다. 지금처럼 열심히 하면, 어쩌면 잘 버틸 수도 있지 않을까 싶던 그때, 코로나19의 확산은 내게 매우 큰 어려움을 안겨주었다.

학교는 비대면 강의가 전면 실시되었다. 대부분 미혼인 학우들은 공부하는 분위기 조성면에서는 아쉽지만 왔다 갔다 이동시간을 생각하면 비대면이 오히려 능률이 오르는 것 같다고 이야기한다. 그런데 솔직히 말하면 나는 집에서는 전혀 집중을 할 수가 없었다. '줌ZOOM'으로 진지한 토론이 오가는 강의시간, 방문을 두드리며 엄마를 부르는 아이 목소리가 들리면 나는 못 들은 척 해주는 교수님과 학우들에게 고마움과 미안함을 느끼느라 몸 둘 바를 모르겠다. 그러나 동시에 이미 온 신경은 방문 너머 내 아이에게 가 있다. 당장이라도 방문을 열고 애처롭게 나를 부르는 아이를 안아주고 싶다. 또 아이를 어린이집에 보내거나 혹은 낮잠을 재운 시간을 이용해 쫓기듯 일 처리를 하다 보니 몰입도는 형편없이 흐트러지곤 한다. 그렇지만 카페, 도서관 모든 곳이 문을 닫은 상황에서 나는 어떻게든 집 안에서 모든 일들을 완수해야만 한다. 거실과 부엌에선 엄마였다가 서재에선 학생이었다가. 하루에도 몇 번씩 나는 변신을 거듭하고 있다.

그래도 이러한 작업이 그나마 가능한 것은 코로나가 안정세를 찾아 아이를 9시부터 4시까지 어린이집에 등원시킬 수 있을 때의 사정이다. 종교 단체, 유흥가, 추석, 할로윈, 12월 대유행까지 마음을 놓을 수 없는 코로나 확산 사건들이 연이어 터졌다. 코로나 단계가 격상되면 어린이집도 정상보육에서 긴급보육으로 전환된다. 긴급보육으로 전환되면 어린이집으로부터 '가능한 경우 아동을 가정에서 돌볼 수 있도록 권고'하는 통신문이 가정으로 전달된다. 그럼 그때부터 나는 고민에 빠진다. 나는 가정 보육이 '가능한 경우'인 걸까? 어쨌든 현재 나는 집에 있는데. 낮에 현이와 함께 지내다 밤을 새서 일하고 공부하면 되는데 내가 힘들어서 핑계대고 아이를 등원시키려는 건 아닐까. 어떤 쪽으로 결론을 내려도 마음이 불편하긴 마찬가지다.

특히 집에서 아이를 돌보는 날은 내 한계에 대해 실감하는 날이기도 했다. 현이에게 책을 읽어주면서, 함께 찰흙 놀이를 하면서, 그네를 밀어주면서, 아직은 완벽하지 않은 아이의 말이 무슨 뜻인지 알아채고, 거기에 적절한 대꾸를 해주기 위해 노력하면서, 서툰 요리 솜씨로 밥을 먹이고 목욕을 시키면서 나는 아이의 모습에 웃음을 지으면서도 계속해서 따라붙는 불안감과 초조함을 떨쳐내기가 힘들었다. 남들은 다 다음 시간 강의 텍스트를 읽고 있을텐데, 수업 발표문은 완성도 못했는데, 읽어야 할 책도 산더미 같은데 난 여기서 뭘 하고 있는 거지? 코로나 사태로 여성 연구자들의 연구성과가 절반 가까이 감소했다는 기사를 떠올리며 우울해진다. 그러나 또 한편으로는 그런 생각을 하면서 한순간도 아이에게 온전히 집중하지 못하는 스스로가 싫었다. 죽을 만큼 아이를 사랑한다더니, 저밖에 모르는 이기적인 인간 같으니라고. 오랜만에 종일 함께 있는 엄마에게서 한시도 떨어지지 않으려는 현이를 안은 채 화장실에서 용변을 보면서, 조금 눈물을 흘리기도 했다. 모든 것이 뒤죽박죽이었다.

깊은 밤에야 퇴근한 남편에게 아이 밤잠을 맡긴 후 겨우 책상 앞에 앉았을 땐 이미 나도 지칠대로 지쳐있는 상태였다. 간신히 새벽까지 버티며 책상에 논문들을 펼쳐놓고 눈은 글씨를 좇지만, 머릿속에 입력되는 건 단 한 글자도 없다. 결국 잠을 이기지 못하고 아이 곁에 누워 까무룩 곯아떨어지면서도 내 머릿속은 아이도 공부도 뭐 하나 제대로 건사하지 못하고 있다는 자괴감으로 가득 차 있다. 나는 왜 다를 수 있다고 생각한걸까. 욕심인가. 아이와 가족들에게 죄를 짓고 있는 것은 아닐까. 포기하고 싶지 않은데…….

결국 갈등 끝에 나는 현이를 등원시키기로 한다. 가정 보육을 하기엔 도저히 소논문 제출 날짜를 맞출 수가 없을 것 같다. 무거운 마음으로 등원 준비를 마친 후 같은 단지에 있는 어린이집의 문을 두드린다. 아이 담임 선생님의 깔끔한 모습과 마주하니 부스스한 머리에 트레이닝복을 대충 걸친 내 몰골이 부끄러웠다. 이럴 땐 마스크로 세수도 못 한 얼굴을 가릴 수 있어 다행이다. 누가 봐도 어디 출근하게는 안 보이는 내 모습에 괜히 찔려 선생님께 주절주절 오늘은 재택근무예요, 학기말이라 정신이 없네요. 묻지도 않은 변명을 늘어놓는다. 겸연쩍은 미소를 지으며 선생님의 어깨 너머로 오늘 긴급 보육을 온 다른 아이들은 몇이나 있느지 눈으로 헤아린다. 매번 참 쓸데없는 짓이다. 아이들이 적게 나왔다고 한들, 내 아이를 도로 집에 데려가지도 못할 거면서.

빈 유모차를 끌고 터덜터덜 집으로 돌아오면서 생각한다. 코로나로 연구 성과를 포기한 절반의 여성들은 지금 이 시각 그들의 공간에서 어떻게 지내고 있을까. 코로나19를 견디고 있는 전 세계의 공부하는 엄마들 역시 나와 같은 고민을 하고 있을까. 그들은 혹시 어떤 대안을 찾았을까. 꿈과 현실 그 사이 어딘가를 헤매면서 어떤 것을 포기하고, 욕심 내고, 괴로워하고 있을까.

쌀쌀한 거리를 걸어 집으로 되돌아오면서 나는 답이 없는 문제에 대해 오래도록 생각하고 또 생각했다.

# 아줌마 페미니스트

얼마 전 '그날 밤'을 떠올린다.

날은 2021년 1월, 새해 들어 벌써 두 번째 눈이 내리고 있었다. 나는 일어선 채로 창밖 너머 새까만 하늘에서 펑펑 쏟아져 내리는 눈을 바라보고 있다. 그 아름다운 설경을 감상하며 어지러운 머릿속을 정리하려 애써본다. 뜻하지 않게 휴식 시간이 길어지고 있는 참이다. 아침잠이 많지 않은 아이가 10시를 한참이나 넘기고서야 잠이 들었으니 오늘 밤 내게 허락된 공부 시간은 그다지 여유롭지 못하다. 날래게 움직여야 하는데. 생각은 하면서도 나는 다시 책상 앞으로 복귀하는 것을 망설이고 있다. 20분 넘게 움직임이 없음을 감지한 컴퓨터 화면은 까맣게 정지되어 있다. 내가 본 것을 과연 어떤 식으로 읽어내야 하는 걸까. 나는 어정쩡한 자세로 서서 고심을 거듭했다.

그 날밤, 온라인 댓글 분석을 위해 클릭한 한 커뮤니티의 게시글에서 나는 이런 댓글을 보았다. '아줌마, 찐줌내나니까 이런 글 그만 올려'. 갑작스러운 공격에 진짜 아줌마인 나는 상당히 당황스러웠다. 그러나 여기서 끝이 아니었다. 어떤 사람은 이런 댓글을 달아놓았다. '번탈(번식탈락)해야 할 한남(한국남자)하고 결혼해서 한남유충(아들)을 낳은 흉자(명예남성) 맘충 꺼져(꺼져) 한국남자랑 결혼해서 아들을 낳은 기혼여성을 말할 것 같으면 바로 나인데. 복잡한 마음으로 관련 댓글들을 읽어나갔다. '나 기혼페미요 당당한 사람들은 좀 그렇더라. 결국 새로운 가부장제 만든 거밖에 더 되나?', '아들 낳은 기혼여성은 답이 없어', '결혼했다고 욕하고 싶진 않지만 그들을 페미니스트라고 볼 순 없지'.

정말 그런 걸까. 나는 애 딸린 아줌마로서 가부장제에 부역하며 다른 여성들이 투쟁하여 얻어낸 이점만을 취하고 있는 걸까. 결혼을 하고 아이를 낳은 그 순간부터 나는 '나'라는 여성에 대해 말할 자격을 잃어버리게 된 걸까. 나는 그래도 여전히 나인데. 창밖으로 눈이 쌓이듯 내 마음에도 이런저런 풀리지 않는 의문들이 쌓이고 있었다. 그날 밤, 결국 나는 현이가 잠에서 깨 나를 찾기 시작할 때까지 일도 공부도 제대로 끝내지 못했다. 그리고 그날 이후, 아이를 토닥이며 재우다가, 과제를 하다가, 설거지를 하다가, 방을 닦다가, 출근하는 지하철 안에서. 나는 이 문제에 대해 수없이 생각했다. 지금 써 나가는 글은 이 고민에 대한 내 나름의 결론이다.

내가 석사과정생으로 대학원을 다니던 2010년대 중후반엔 이른바 '페미니즘 리부트'[8]라고 명명될 정도로 페미니즘 '붐'이 일었다. 신자유주의라는 '친밀한 적'과 공생하는 시대, 혐오가 일상이 된 시대에 많은 여성들은 여성이라는 스스로의 정체성에 대해 고민하고, 공부하고, 표현했다. 나 역시 당대 여성으로서 이 새로운 물결에 상당히 많은 영향을 받았는데, 당시 연구하던 주제를 바꿔 석사논문을 영화 속 여성 연대로 썼을 정도이다. 나는 이 '새로운 물결' 앞에서 어떤 흥분과 전율을 느꼈던 것 같다. 페미니즘은 내게 자유, 해방, 평등에 대해 가르쳤고, 삶에는

---

8) 영화에서 '리부트(reboot)'란 기존 시리즈의 연속성을 버리고 몇몇 기본적인 설정들을 유지하면서 작품 세계를 완전히 새롭게 구성하는 것을 의미한다. "#나는페미니스트입니다" 선언에서부터 미러링 스피치(mirroring speech) 운동에 이르기까지, 온라인을 중심으로 펼쳐지고 있는 페미니즘의 어떤 새로운 흐름의 운동 역시 '페미니즘 리부트'라 할 만하다. 손희정, 「페미니즘 리부트 : 한국 영화를 통해 보는 포스트−페미니즘」, 그리고 그 이후」, 『문화/과학』 제83호, 2015, 14쪽.

무한한 선택지가 존재할 수 있음을 알려주었다. 그리고 이때의 경험이 이후 나의 진로와 인생살이 방향 전반에 매우 큰 영향을 미쳤다. 현재의 '나'는 대부분 그때 구성된 것이다. 그러니까, 나는 그 댓글들을 읽는 순간까지 스스로를 페미니스트라고 믿고 있었다.

한 사람을 사랑하게 되고, 더 행복하기 위해 결혼과 출산을 선택했지만 나 역시 결혼 후 많은 혼란을 겪었다. 화목한 축에 속하는 '가족'을 꾸렸지만 엄마와 아내, 며느리 노릇은 내 안의 페미니즘과 상당 부분 부딪혔다. 게다가 '사랑'이라는 변수는 모든 문제를 명확하게 정돈하기 어렵게 만들었다. 남편은 가정적인 사람이지만 지나치게 바쁜 직장인이기도 했다. 맞벌이를 할 때에도 평일 주말 할 것 없이 새벽에 집을 나가 밤늦게야 녹초가 되어 들어오는 남편의 얼굴을 보면 가사노동을 정확하게 나누자고 말하기 힘들었다. "아들을 낳아줘서 정말 고맙다."며 눈물을 글썽이는 시할아버지 앞에서 나는 애매한 웃음을 지었을 뿐이다. 엄마로서의 정체성도 문제였다. 아이를 데리고 외출을 할 때면 나는 '맘충이 아니라는 것'을 증명하기 위해 늘 필요 이상으로 스스로를 검열했다. 출산 후 박사를 시작할 때, 이를 위해 현이를 어린이집에 보냈을 때 모성애도 없는 이기적인 여자라는 사람들의 말에 정말로 많이 흔들렸다. "아들만 있으면 나중에 늙어서 어쩌려고 그래."라는 말에 '그것도 K-딸 노릇 강요 같다.'고 입 밖으로 내지 못했다. 때로 회의했다. 결혼하고 아이를 낳은 후 페미니스트로서의 내 정체성은 오래된 유행가가 되어버린 것 같다고. 종종 흥얼거리긴 하지만 더 이상 새롭지는 않은.

그러나 회의와 반성이 교차하는 지금 이 순간에도 나는 여전히 내가 페미니스트이고 그래야만 한다고 생각한다. 왜냐하면 나는 엄마이자 아내, 며느리임과 동시에 여성이며 존중받을 권리를 가진 인간이기 때문이다. 이 둘 간에 균형을 맞추는 것은 매우 까다롭고 어려운 문제다. 엄마와 아내로서 생활에 집중하고 행복해하면 가부장제에 종속된 주제에 되지도 않는 유부녀 부심을 부리는거고, 힘들다고 말하면 자기 인생도 계획적으로 건사하지 못하는 미련퉁이라며 손가락질 받는다. 이 모순을 타개하려면 여성으로서의 자기정체성을 들여다봐야만 한다. 그리고 그 여성 정체성의 문제에 대해 페미니즘은 늘 방향성을 제시해왔다. 특정 성별을 가졌다는 이유로 자신이 하고 싶은 일에서 배제되거나 더 많은 책임을 떠안아서는 안 된다고. 그리고 더 많은 선택권을 가져도 된다고 말이다. 그러니 여성으로서 엄마로서 스스로를 일으켜 세우기 위해 아줌마에게도 페미니즘은 필요하다. 후회와 성찰을 반복함에도 불구하고, 오히려 그런 상황이기에 나는 더욱 여성으로서의 고민을 멈추지 않아야 한다.

이러한 믿음을 가지고, 나는 내가 선 이 자리, 여성이자 엄마이자 사회문화 현상을 연구하는 연구자로서, 지금 내가 할 수 있는 것을 계속 해나가려고 한다. 내 아들에게 남자라고 꼭 파란색 옷을 선택하지 않아도 된다고, 부엌 놀이나 인형놀이를 가장 좋아해도 된다고 이야기할 것이다. 세상이 이야기하는 남성다움과 여성다움이라는 것에 얽매이지 않아도 된다고 말할 것이다. 여성은 보호와 연민의 대상도, 혐오와 경계의 대상도 아닌 동등한 인간으로서 존중의 대상이라는 것을 알려줄 것이다. 여성과 남성의 몸에 대해, 피임에 대해, 임신과 출산에 대해, 그것이 여성의 몸에 끼치는 엄청난 영향에 대해 가르칠 것이다. 남녀 관계는 위계와 복종이 아니라 사랑과 평등, 신뢰와 존경으로 이루어져 있다는 것을 나와 남편을 통해 보여주기 위해 평생 노력할 것이다. 내 아이가 살아갈 다음 세대는 남성과 여성이 지금보다 행복하게 살아갈 수 있도록 당대 엄마 페미니스트로서 나는 최선을 다할 것이다.

다양한 생각을 가진 여성들이 있고 그 수만큼의 다양한 페미니즘이 있다. 그 차이를 이해하고 인정해야 한다는 점에서, 결혼과 계층, 지역과 연령을 떠나 모든 여성들은 자신의 이야기를 할 수 있어야 한다. 진흙탕처럼 보일 수 있는 현재의 이 논의들이 많아져 샘이 강이 되고 바다를 이뤄 다양한 여성들의 목소리가 우리 삶에 흘러넘칠 때까지.

이제 나에게 페미니즘적 이상과 실제 삶을 협상해 나가는 문제는 현실이 되었다. 내게 매일 무수히 몰아치는 엄마, 학생, 아내, 노동자, 며느리로서의 감정들은 이론을 넘어 실제 내가 딛고 선 세계가 되었다. 양립하기 어려운 내 정체성 사이의 조정과 협상 과정은 내게 실전이다. 나는 이제 이 세계를 몸소 경험하며 세상과 부딪히고 깨져보겠다고 생각한다. 앞으로 펼쳐질 나의 세계는 완벽하지 못하며, 때로 그날 밤과 같은 혼돈과 후회, 반성이 있을 것이다. 그럼에도 불구하고 나는 균형을 맞추려 항상 다시 애써볼 것이다. 아줌마 페미니스트로서, 지금 쓰고 있는 이 글이 그 첫 번째 시도가 될 것임을 믿는다.

# 참고 문헌

"다른 연구자들이 그 연구를 안 한 데는 이유가 있어."

석사 시절 한 연구 논문을 쓰려고 준비할 때 논문 주제에 대해 상담해 주던 박사 선배가 내게 해준 말이다. 나는 그때 수십 년 전 활동했던 한 문화 단체를 재조명하는 논문을 쓰고 싶어 했다. 이들은 80년대 노동운동의 물결 속에서 상대적으로 소외됐던 '여성 사무직 노동자'를 주제로 다큐멘터리를 만들고 이후에도 실험적이고 진보적인 영상들을 만들어 냈다. 나는 이 단체를 국내 여성 문화 코뮌의 시초격으로 바라봐야 한다고 생각했다. 그래서 나는 그들의 활동을 연구하는 것이 문화사적으로 큰 의미가 있을 것이라 확신했다. 그리하여 이에 대한 선행연구를 찾아봤지만, 해당 단체에 관한 내용은 지금까지 본격적으로 연구된 바가 없었다. 선행연구가 없다는 것은 논문을 쓸 때 참고할 기록이 없다는 것을 의미했다. 가치 있는 주제라 확신하면서도 무척 힘겨운 작업이 될 것이 분명해 망설여졌다. 그렇게 한참을 고민하다 같은 연구실 선배에게 조언을 구하게 된 것이다.

선배는 이야기를 이어나갔다. 다른 연구자들이 네가 생각하고 있는 그 연구를 안 한 이유에는 두 가지 경우가 있다. 하나는 너의 말처럼 매우 가치 있는 주제인데 아직 아무도 발견하지 못해서. 두 번째는, 대부분 여기에 속하는데. 해보나 마나 힘만 들고 학문적 가치도 소득도 없는 경우라서. 만약 네가 이 경우에 속한다면 힘은 힘대로 들고 실컷 헤매기만 하다가 논문 자체를 완성 못 할 수도 있다. 참고 문헌이 없다는 건 이 엄청난 위험을 감당해야 하는 일인데, 이 가시밭길을 갈 만큼 그게 정말 좋은 주제인지 잘 생각해야 한다.

선배의 말을 듣고 나는 덜컥 겁이 났다. 지금도 그렇지만 그때 나는 좋은 연구 주제를 발견해내는 스스로에 대한 확신도, 뚝심 있게 하고 싶은 연구를 밀고 나갈 실력도 자신감도 없었다. 나름 안간힘을 써 어렵게 모은 자료를 가지고 학술대회 예비 발표까지 마쳤지만, 누구도 가지 않은 길을 홀로 개척해 나가야 하는 여정은 부표 하나 없는 망망대해를 헤매는 기분이었다. 역시 아무도 안 한데는 이유가 있겠지. 자기 합리화를 하면서 결국 나는 그 주제를 포기해 버리고 말았다.


삶에도 참고 문헌이 필요하다는 생각을 하게 된 건 출산 후 학교로 복귀한 후였다. 나는 첫 학기부터 정신없이 헤매는 중이었다. 입학 전 나는 호기로웠다. 석사 시절에도 학비를 벌겠다고 닥치는 대로 일하며 공부했으니, 내게 어느 정도는 삶의 복잡함을 헤쳐나가는 맷집이 있을 거라 자신한 것이다. 그러나 막상 학기가 시작되자마자 나는 그 자신감이 명백한 오판이었음을 깨달았다. 아이가 있는 연구자 지망생으로서 현재 내 생활이 이대로 괜찮은 것인지 확신할 수가 없었다. 고군분투하는 생활과 별개로 시간이 지날수록 불안은 커졌다.

박사 과정은 연구자로서 자기 존재를 학계에 증명해야 하는 긴 여정의 시작점이다. 그러나 가정과 학업의 균형 있는 공존은 내게 난제였다. 모범 답안은커녕 문제 풀이조차도 할 수 없는 기분이었다. 혼자서는 도통 갈피를 잡기가 어려웠다. 연구를 시작할 때 참고 문헌을 살펴보듯 엄마 대학원생 생활에 대해서도 먼저 이 길을 걸어 본 사람들의 이야기를 듣고 싶었다. 하지만 나의 주변에는 엄마 대학원생이라는 참고 문헌을 찾기 어려웠다. 우리 과의 교수님들은 모두 중년 남성이고, 학교에 강의를 나오는 여성 선배들도, 학교를 함께 다니는 동기, 선후배 중에도 기혼이거나 출산 경험이 있는 사람은 아무도 없었다. 학부와 석사 때 자녀가 있는 교수님을 뵌 적이 있긴 했지만, 그분들의 케이스를 내 삶에 '직접인용'하기에는 무리가 있었다. 세대 차이와 경제적 여건 차이가 꽤 컸기 때문이다. 그마저도 기억의 '보존 서고'에서 찾아낸 희귀한 참고자료였지만, 내 삶의 논지와는 방향이 달랐다.

고민 끝에 나는 학교에서 기혼 아기 엄마라는 정체성에 대해 최대한 언급하지 않는 쪽을 택했다. 지도 교수님이나 주변에서 아이 키우며 공부하는 것이 힘들지 않냐고 물을 때에도 나는 '때때로 죽을 맛'이라고 솔직하게 말하지 않았다. 늘 괜찮다며 씩씩하게 굴었다. 선행 사례가 없었기 때문에, 엄마의 손이 많이 필요한 어린 자녀가 있음을 이야기하고 그것의 어려움을 드러내는 것이 자칫 자기관리가 해이한 사람으로 비추어지진 않을까 염려스러웠다. 그렇게 헤매는 사이 한 학기, 두 학기 시간은 잘도 흘러갔다. 그러는 동안 내 안에는 하고 싶은 말들, 나누고 싶은 생각들이 쌓여갔다. 그러나 같은 경험을 공유하고 있지 않은 주변 사람들에게 이런 이야기를 늘어놓는다고 해서 문제의 해답이 있을 리 없었다. 뾰족한 돌파구나 해결책 없이 하루하루 열심히 버티는 수밖에는 도리가 없었다.

엄마 대학원생으로서 두 학기를 보내면서, "안 하는 데는 이유가 있다"라는 선배의 말이 논문뿐 아니라 출산과 육아에도 해당할 수 있음을 느꼈다. 엄마와 학생은 매우 극단적으로 다른 역량을 요구하는 역할이었다. 연구를 한다는 건 온전한 자기 집중의 시간을 필요로 한다. 세상을 바라보고, 분석하고, 그에 대한 나만의 해석을 가질 때까지 고요하고도 긴 호흡이 필요하다. 하지만 연구자로서 좋은 태도가 엄마로서도 바람직한 것은 아니다. 아이에게는 자신의 욕구를 즉각적으로 해결해 줄 빠릿빠릿한 엄마가 필요하다. 그리고 그런 엄마가 되기 위해선 자신만의 세계에 집중하는 엄마가 아니라, 할 수 있는 한 길게 아이의 세계에 함께 머무를 수 있는 엄마가 되어야 한다. 그러므로 공부하는 여성 쪽에서 미혼 비율이 높은 건 어쩌면 당연한 일인지 모른다. 내가 존경하는 여성 연구자들이 모두 싱글임을 새삼스레 깨닫고는 나도 모르게 한숨이 터져 나왔다. 그러나 삶은 논문 주제처럼 쉽사리 포기할 수 있는 문제가 아닌 것이 문제다. 인적 드문 길을 걸어가는 것이 두렵다 한들, 무섭다고 그 자리에서 발만 동동 구르고 있을 수는 없는 일이다. 하지만 셰르파도, 등산 장비도 없이 히말라야 앞에 서게 된 등반 초심자처럼, 나는 막막함과 막연함에서 오는 두려움을 느끼고 있었다.

그 글을 보게 된 건 이런저런 고민이 깊어져 가던 초봄의 어느 날이다. 작업하던 연구 보고서 수정을 위해 자료검색을 하다가, 몇 해 전 내가 포기해 버리고 말았던 그 주제에 관한 한 편의 글을 우연히 읽게 되었다. 몇 사람의 연구자와 문화 기획자들이 해당 단체에 관한 연구와 특별전을 개최한 내용이었다. 그 글에는 당시 단체 일원이었던 사람들의 인터뷰와 그들이 만들었던 작품에 대한 세밀한 텍스트 분석이 들어있었다. 제대로 된 참고 문헌 한 편 없는 상황에서 작업에 참여한 연구자들의 고생이 훤하게 그려졌다. 글 자체도 좋았지만 내가 무엇보다 훌륭하다고 느꼈던 점은, 많은 어려움에도 불구하고 의미 있다고 생각했던 자신의 연구를 관철하고 마침내 마침표를 찍었다는 데 있었다. 용기 있는 연구자들 덕분에 이 기록은 문화 연구 분야에 가치 있는 연구 성과로 남을 것이고, 후발 연구자들에게 중요한 참고 문헌이 될 것이다.

이 연구를 살펴보면서 나는 새삼 부끄러움을 느꼈다. 참고 문헌 없는 연구를 한다는 것, 아무도 밟지 않은 학문적 '신대륙'에 발을 내디딘다는 것은 연구자의 사적 행보임과 동시에 지극히 공적 의미를 가지는 걸음이 된다는 것을 깨닫는다. 그것은 나와 같은 분야를 연구하게 될 후발 주자들이 보고 각자 자신의 방향성을 찾아 걸을 수 있도록 신중하지만 과감하게 발자국을 남기는 행위이다. 그렇기에 수년 전, 내가 연구의 필요성과 가치에 대해 확신했다면, 나는 이 연구를 포기하지 않고 계속 해야 했다는 후회가 들었다. 그것이 다른 연구자들의 작업처럼 완벽하거나 훌륭하지 않더라도, 모범답안이 아니었더라도 좋았을 것이다. 산 꼭대기의 멋있는 정상석이 아니라도 충분히 가치가 있었을 것이다. 무성한 풀들을 헤쳐가며 이 길이 맞는 것인지 고민하는 누군가에게, 힘들지만 분명 가 볼 만한 길이라고 말하는 어느 산악회의 리본 이정표도 분명 의미가 있다.

엄마 대학원생으로서, 나를 괴롭히던 불안들을 조금은 내려놓으려 한다. 앞선 참고 문헌이 없다고 포기하지 않고, 묵묵히 내가 결심한 이 길을 걸어가는 것만으로도 괜찮은 일이라고 생각해본다. 그저 엄마이자 학생이라는 이 막막한 여정을 무사히 완주하여 마침표를 찍고 싶다. 엄마 대학원생이라는 주제를 논할 때, 수천 번 인용되고 칭송받는 참고 문헌이 되지 못한다 해도 좋다. 내가 써내려 간 엄마 대학원생으로서의 인생 기록이, 내 뒤에 걸어 올 누군가에게 '걸을 수 있는 길', '걸어도 되는 길'이라는 용기를 줄 수 있다면 그것만으로 충분히 의미가 있다. 나 자신과 어딘가에서 타박타박 묵묵하게 걸으며 자신만의 길을 만들고 있을 모든 엄마가 안전하게 자신만의 등반을 끝낼 수 있길 응원하고 싶다.

## 면역의 시간

아이의 몸에 드디어 열꽃이 폈다. 열꽃을 보니 비로소 완전히 회복하겠다는 생각에 안도감이 든다. 지난 일주일간 아이는 각종 감기 증상과 40도에 육박하는 고열로 고생했다. 두돌 치레였다. 현이를 안은 채 한 손으론 피곤함에 눈을 꾹꾹 눌러대며, 한 손으론 아이 몸 상태를 확인하는 데 신경을 바짝 쓰면서도 나는 예전처럼은 허둥거리지 않는다. 숱한 아이의 병치레를 겪으며 나는 경험적으로 알게 된 것 같다. 지금은 면역의 시간이라는 것을.

건강하기만 하던 현이의 첫 병치레는 생후 7개월 무렵이었다. 감기로 앓는 아이를 안고 제대로 먹지도 자지도 않고 울며불며 아기 병간호에 매달리는 나에게 친정 엄마는 이런 말씀을 해주셨다. 옛 어른들 말씀에, 아기들은 크면서 수백 종의 바이러스를 겪는다. 그리고 그 바이러스의 수만큼 오롯하게 앓고 나야만 몸에 해당 바이러스를 이겨낼 수 있는 면역력이 생긴다. 그래서, 아이들은 잘 자라기 위해 매일 아프고 또 아프다는 것이다. 실제로 현이는 아프고 나면 눈에 띄게 성장했다. 수족구병을 앓고 난 후 아이는 혼자 일어설 수 있게 됐고, 돌치레를 겪고 나선 걸었다. 18개월 즈음에 앓았던 지독한 감기를 이겨낸 후 아이는 문장으로 말하기 시작했다. 아마 이번에 핀 열꽃이 사라질 즈음 현이는 조금 더 단단하게 성장해 있을 것이다. 지금 아이의 몸 안에서는 한 생명으로서 잘 뿌리내리기 위한 고군분투가 진행되고 있다. 이 성장통을 이겨낸 후에야 비로소 그것을 이길 면역력을 가지게 되는 것이다.

'한 여성이 엄마도 되기로 한 삶'을 겪으며 나 역시 면역의 시간을 견뎌내는 것 아닌가 하는 생각을 해 본다. 한 생명을 품고, 낳고, 기르면서 나는 종종 앓곤 한다. 태어나 엄마로서 사는 오늘은 처음이므로, 모성애라는 이 통증에 여전히 나는 면역이 없다. 나로서 살고 싶은 마음과 내 아이에게 모든 걸 내놓고 싶은 마음이 빈틈없는 경합을 벌인다. 이는 엄마가 되기 전에는 한 번도 겪어본 적 없는 두렵도록 생경한 심적 균열이다. 내 아이를 보면 무한히 샘솟는 애정에 경이로움을 느끼면서도 혼자 있을 수만 있다면 땅속으로라도 꺼져버리고 싶은 내가 공존한다. 내 모든 삶의 우연은 내 아이를 만나기 위한 필연적 여정이었다고 생각하지만, 내 한 몸도 잘 건사하지 못하는 내가 한 존재에게 평생에 걸친 영향을 끼칠 거라는 사실이 부담스럽다. 퇴직도, 연구년도 허락하지 않는 엄마라는 역할. 스스로 선택했기에 고통의 토로는 곧 아이에 대한 무책임으로 환원되는 엄마로서의 삶. 하지만 아이의 존재 자체만으로 행복한 나의 삶. 이 전혀 다른 감정의 소용돌이 속에서 열이 나고, 어지럽고, 혼미하다. 나는 지금 '엄마 치레' 중이다.

그러나 이 통증을 괴로움으로만 정의내리고 싶지 않다. 어린 시절 키가 크느라 매일 무릎이 아파 잠들지 못하면서도, 나는 내일이면 또 얼마나 키가 커 있을지 설렜다. 큰 키에 멋있는 정장을 차려입고 트렌치코트를 휘날리며 걸어가는 미래의 내 모습을 상상하며, 매일 밤 아픈 무릎을 통통 두드리다 잠들곤 했다. 지금의 나도 그때와 비슷하다. 출산 후 신생아실 유리문 너머 아이를 본 순간부터 무엇보다 중요한 나의 첫 번째 목표는 내 아이에게 좋은 엄마가 되는 것이다. 이기적이고 불안정한 기질을 가진 내게 기꺼운 인내와 조건 없는 사랑이 무엇인지 가르쳐 준 내 귀중한 아이. 늘 부족한 엄마에게 항상 '사랑해, 고마워, 엄마 잘한다'하고 격려해주는 아이의 존재와 그 영혼 모두를 사랑한다. 엄마가 된 후, 누군가가 미워지려 할 때마다 저 사람 또한 어느 엄마의 귀중한 아이라고 생각하면 그 미움의 감정은 어느새 사라져 버리고 만다. 내 아이를 사랑하게 되면서 나는 '남의 집 귀한 자식'이라는 말의 무게를 깨닫는다. 그리고 내가 혼자일 때엔 아무래도 좋았던 여러 문제들, 내 아이가 살아갈 이 사회, 자연, 정치, 문화의 더 나은 방향에 대해 고민하고 행동하게 된다. 내가 연구하는 문화를 통해 아이의 삶이 풍성하고 따뜻해지기를 매일 소원한다. 어느 영화의 명대사처럼, 아이는 날 더 나은 사람이 되고 싶게 만든다.

그래서 지금 이 순간, 나는 매일의 삶에 아파하는 동시에 설렘을 느낀다. 이 끝나지 않을 것 같은 성장통을 잘 앓고 나면 나는 건강한 어른으로, '더 나은 사람'이 될 수 있지 않을까. 그렇게 된다면 더할 나위 없이 기쁠 것이다. 아이에게 평생 우산이 되어줄 수 있는 그런 좋은 엄마가 되고 싶다. 그러기 위해 나는 어린아이를 양육하는 초보 엄마로서, 지금의 이 지난하고도 쉽지 않은 시간을 잘 견뎌보려고 한다. 이 면역의 시간을 잘 버텨내 '튼튼한 엄마'로 크고 싶다고, 이 고투의 시간이 모쪼록 성장의 시간이면 좋겠다고 생각한다.

이 글은 공부하는 엄마로 살아가기 위해 앓고 또 앓았던 내 성장통에 대한 글이다. 힘들고 어렵지만 동시에 벅차고 행복한, 학생으로서 엄마로서의 매우 사적이고 때로는 부끄러운 시간을 솔직하게 기록했다. 하지만 나는 이 글이 여기에 그치지 않고 모성이라는 미지의 바이러스를 '건강하게 받아들이기' 위해 고군분투하고 있는 한 피험자의 임상시험 보고서로 받아들여질 수 있기를 원한다. 그리고 또한 엄마가 되기로 선택한 이들 모두가 겪을 수밖에 없는 이 통증의 시간에 대해 더 많은 엄마 경험자들의 진실한 기록이 쌓여갈 수 있기를 원한다. 이 다양한 '엄마 치레'의 기록, 면역의 시간을 통해 우리는 서로의 마음을 어루만지고, 효과 좋은 민간요법을 공유할 수도 있을 것이다. 그러다 보면 우리는 모두가 앓지만, 누구도 완전하게 자유롭지 못한 모성이라는 성장통을 함께 잘 받아들여 볼 수 있지 않을까. 부디 그럴 수 있다면 좋겠다.

## 내가 이혼할 줄은 꿈에도 몰랐다

학창 시절, 나는 전혀 눈에 띄지 않는 아이였다. 그저 자기 자리에 조용히 앉아 발표도 안 하고, 쉬는 시간이면 집에서 가지고 온 책을 읽으며 조용하게 교실에 있는 듯 없는 듯했던 아이가 바로 나였다. 하교 후에도 학원갔다가 집, 그 다음날도 학교, 학원 이런 뻔한 패턴대로 그렇게 별 일없이 평범하게 자랐고, 당연히 그 이후에도 그렇게 살아갈 거라고 생각했다. 남들처럼 취업하고, 때 되면 결혼해서 아이를 낳고 그냥 남들처럼 그렇게 살 거라고, 당연히 그럴 거라고 생각했다.

몇 번의 연애를 거쳐 대학원 졸업과 동시에 결혼했다.

어릴 때부터 내내, 나와 내 동생에게 엄마는 이혼은 절대 하는 거 아니라고, 자식이 피눈물 흘리게 하는 거라고 귀에 못이 박히도록 말씀하셨다. 그래서 서로 자라온 환경이 달라 이해할 수 없고, 가치관이 너무 맞지 않아, 심적으로 괴로웠어도, 어차피 이혼은 하는 거 아니니까 그 누구에게도 내 마음을 드러내지 않고 참고 살았다. 그러는 사이에, 부부관계는 점점 더 안 좋아졌다.

마지막 지푸라기 잡는 심정으로, 동네에 있는 상담센터를 검색했다. 부부 상담을 해보아야겠다고 생각했기 때문이다. 한 번에 바로 상담을 신청하진 못했고, 두어 번 신청서 작성했다가 그냥 인터넷 창을 닫아버렸다를 반복했다.

'에이…. 이렇게 한다고 뭐 달라질까? 나중에… 더 심해지면 하지….'

는 생각이 들기도 하고, 다른 어떤 사람에게 내 집안 사정을 다 드러내기가 부끄럽기도 해서였다. 그리고 막연하게 두려움도 있었던 것 같다. 하지만 그런 두려움과 부끄러움을 괴로움이 뛰어넘은 것 같은 지경에 이르자 더 이상 견딜 수 없다고 느껴져 다시 신청서를 작성했고 다른 생각지 않고 그냥 신청 버튼을 눌렀다.

첫 회에는 같이 상담을 진행하고, 그 이후로는 각자가 상담하는 방식이었는데, 상대방은 한 번 더 상담하고 나서 자신에게는 상담이 필요 없을 것 같다고 했다. 나는 이 상담이 마지막 노력이라 생각했기에 열심히 다니기로 마음먹었다.

상담 선생님과 이런저런 얘기를 나누고 고민하면서, 나 혼자서 해 볼 수 있는 시도들을 통해 이런저런 시도를 하고 노력해 봤었다. 내가 느끼기에 상대방은 변화도 없었고 내가 배운 대로 하면, 나한테 정신 승리 대단하다면서 비꼬는 말만 돌아오자 정말 하루하루가 지옥 같았다. 아직 30대였는데도 자꾸만 인생 다 산 사람 같이 하루하루가 그냥 끝나기를 기다리며 매일을 보냈다. 삶의 목적도 기대도 없는 듯한 공허한 마음이 나를 가득 채웠다.

그런 마음이 괴로운 와중에도 하루 종일 아이를 먹이고 입히고, 주말이면 거의 혼자 데리고 다니면서 돌보려니 쉽지 않았다. 나는 화가 나고 눈물이 나올 것 같은데, 아이에겐 그 모습을 보여주면 안 될 것 같고, 그러기도 싫었기 때문이다.

모든 인내심과 자제력을 끌어모아 아이 말을 들어주고 답하며 애써 웃어주었다. 그때 내 표정을 보진 못했지만 아마 거울 앞에 있었다면 꽤

나 쓸쓸하고 슬픈 미소였을 것 같다.

　나의 부정적 감정은 잠시 밀어 두고, 아이에겐 최대한 절제된 모습을 보여주어야 하는 것. 그것이 정말 힘들었다. 나는 표정에서 감정이 잘 드러나는 사람인데, 아이를 키우다 보니, 그런 것도 배우게 되었다. 쉽지 않았다. 정말로.

　그렇게 쭉, 나 혼자만의 상담이 되었고 상담가 선생님의 조언에 따라 이런저런 시도를 해보아도 더는 달라질 것이 없을 것 같다는 생각이 들었다. 내가 미친 건지 상대가 미친 건지 알 수 없었고 혼란스러웠다. 더 이상 갔다가는 나의 몸이든 정신 중 하나가 소멸되어버릴 것 같았다. 내가 건강해야 아이도 잘 키울 수 있지, 내가 흔들리기 시작하면 아이도 불안정해질 거라는 생각도 들었다.

　그런데 이혼은 하면 안 된다고 배우고 컸는데, 정말 해도 되는 걸까? 내가 이혼을 하면 아이는 어떻게 되는 걸까? 하는 수많은 걱정이 머리에 가득했다.

　아직도 상담 선생님과 나누었던 이 대화가 생생히 기억이 난다. 내가 할 수 있는 노력은 다 해봤는데 내가 느끼기에 별다른 변화가 없어 이제는 정말 이혼해야할 것 같은데, 아이 때문에… 아이가 받을 상처 때문에 쉽게 결정내리기가 두렵다고 말하면서 울었다. 그랬더니 상담가 선생님이 단호하게 말씀하셨다.

"아이 때문이 아녜요. 다시 생각해보세요. 너 때문에 참고 살았다고 부모가 말하면 아이가 고맙다고 생각할 것 같나요? 엄청난 죄책감과 책임감을 아이에게 짊어지고 살게 하는 겁니다. 솔직히, 본인이 이혼녀가 되기 두려운 거예요."

왠지 머리를 망치로 맞은 것 같고 얼굴이 새빨개지는게 느껴졌다.

그 말을 들은 당시에는 고개를 갸우뚱하며 '아닌데… 정말 아이가 걱정돼서 망설이는 거 맞는…데….'라고 생각만 하며 아무 대꾸도 하지 못했다.

그리고 집에 가서 몇 날 며칠 곰곰이 생각해보니 그게 어렴풋이 맞는 말 같았다. 내가 이혼녀가 되기 두려워서 마치 아이를 앞세워서 희생하고 있는 엄마인 양 행세하는 것 말이다. 잔인하고 마주하기 어려운 사실이지만 그게 맞았다.

## 나도 이혼이 처음이라…

이혼을 결정하자 끝도 없는 두려움과 깊은 절망감이 나를 덮쳤다. 이혼에 대해 그 누구도 설명 해준 적도 없고, 주변에서 본 적도 없고, 아이는 어떻게 되는 건지 나의 미래는 어떻게 되는건지 아무것도 모르겠고 혼란스러워서, 이혼설명서라도 있으면 좋겠다는 생각을 했다.

일단 가족과 친구들에게 내 결정을 알렸다. 내가 살아오는 내내 이혼은 하는 것 아니라던 엄마가 뭐라고 할지 겁났다. 전화로 내 결정을 알리자, 엄마는 생각보다 덤덤하게 그렇게 하라고 하셨다. 네가 힘들다면 이혼해야지 어떻게 하겠냐면서 알겠다고 하셨다. 엄마의 그런 반응에 마음이 더 무겁고 죄송했다. 이혼하면 안 된다던 엄마의 신념을 갈아엎고, 딸의 결정을 받아들이기 쉽진 않겠다는 생각에 불효녀가 된 것 같았다. 그리고 아빠에게 말씀드렸다. 아빠야말로 담담하게 반응할 거라 생각했는데, 아빠는 '우리 집안에 이혼한 사람이 없는데…'라며 말꼬리를 흐리셨다. 그리고 아빠는 며칠간 방에서 끼니때 빼고는 나오지 않으시고 말씀도 없으셨다.

이미 나는 내 상황만으로도 벅찬데 가족들에게 면목이 없었다. 아이에겐 죄인 같은 마음이 들고 미안해서, 아이를 바라볼 때마다 마음이 아파 아무 말도 하지 못하고 머리만 쓰다듬어주었다. 아무것도 하고 싶지 않고 두문불출하고 싶었지만, 나에게는 아이가 있다. 내 감정을 다독일 충분한 시간조차 없는듯했지만, 내 감정도, 아이의 감정도, 가족의 감정도 살펴야 했다. 그리고 그게 이혼한 내가 감당해야 할 일이라고 생각했다. 내 선택으로 모두의 감정을 휘저어놓았으니 말이다. 그게 이혼한 내가 짊어져야 할 내 죄의 무게라고 생각했다.

슬프고 절망스럽다는 말의 몇 백 아니 몇 천배나 될 만한 깊은 감정이 날 바닥으로 끌어내렸다. 패배자… 인생의 패배자가 된 것만 같은 기분이었다. 내가 이제껏 열심히 쌓아올렸던 모든게 다 붕괴되고, 내 발 아래 땅이 사라진 것만 같았다.

# 이생망?

이번 생은 망했다는 줄임말인 이생망… 나는 이 말이 왠지 싫다. 이번 생은 망했다는 그 말은 나에게 한번 주어진 삶을 너무 쉽게, 이번은 망했다는 말로 결론 내리고 포기하는 것 같은 느낌이 든다. 이번 삶의 주인은 내가 아니라는 것처럼 들려, 책임감을 내려놓고 도망치는 느낌도 든다. 다음 생이 있는지 없는지는 모르겠지만, 현재 나에게 주어진 삶을 끝까지 잘 끌고 가봐야 하지 않을까?

물론 그 말을 자조적으로 내뱉기까지 어떤 마음일지 공감하지 않는다는 말은 아니다. 나도 살아오면서 "망했다."라는 말을 안 해본 바도 아니다.

스무 살, 하루아침에 갑자기 자가면역질환자로 진단받고 절망했던 적도, 기대했던 것보다 결혼 예단비가 적어(대체 나는 어느 시대에 살고 있는 걸까?) 나에게 찾아와 본인 가족들이 미리 사놓은 명품값을 지불해야하니, 현금을 더 줘야한다고 했던 남자 때문에 온 집안이 발칵 뒤집어져 어른들이 말려 파혼했던 적도 있었다.

그런데 살아오며 겪은, 이런저런 인생이 내게 날린 강력 펀치 중에서 이혼이 정말 가장 타격이 컸다. 정말 난 이제 망한 것 같은데 '망했다'는 말을 차마 할 수가 없었다. 그럼 정말 망하는데 될까 봐서. 그리고 내가 망했다고 생각하면 나에게 의지해 살아가고 있는 어린아이는 대체 뭐가 되는 걸까? 나는 절대로 망할 수가 없었다. 아프고 초라하고 정신없었지만, 그럴수록 나와 아이를 위해서 앞을, 현실을 직시해야 한다고 마음을 다잡았다.


이혼은 내 인생에서 가장 큰 실패이자 고난이자 슬픔이었다. 그런데 내가 선택했기 때문에, 누군가에게 힘들다고 얘기할 수가 없었다. 가족들도 나 때문에 힘든 시간을 보내고 있을 텐데라는 생각에 가족에게조차 내 속마음을 털어놓을 수가 없었다.

누군가에게 얘기를 꺼내면, "그러게 왜 했어? 네가 선택한 일이잖아?"라는 말로 내 입을 막아버릴 것 같았다. 그러면 더욱 견디기 힘들 것 같아, 그저 묵묵히 아무말도 안하기로 결정했다. 미쳐버릴 것만 같았다. 대충 챙겨온 내 짐은 부모님 댁 거실에 어수선하게 놓여있어 나의 처지를 매일 매 순간 느끼게 해 주었다. 나는 나만의 시간도, 공간도 없어 내 마음을 어떻게든 표현할 수도, 깊게 바라볼 수도 없었다. 아이 앞에서, 부모님 앞에서도 울 수도 화낼 수도 없어 모두 잠들 고난 새벽에 아이 옆에 누워서 혼자 소리 없이 울기를 몇 날 며칠을 했는지 모른다.

하지만 그 이전 삶에서의 고난과 역경 앞에서 몇 달 또는 몇 년간 슬퍼하고 우울해했던 미혼시절의 나와 이번의 나는 달랐다. 달라야만 했다. 나 때문에, 갑자기 환경이 바뀌고 마음에 상처를 입었을 아이가 있기 때문이었다. 미안하고 안쓰럽고 슬픈 마음과 꼭 어떻게든 보상해주어야겠다는 굳은 마음이 들었다.

지금 당장 내 마음을 추스르기도 힘들었지만, 일단 직업부터 구해야겠다고 생각했다. 부모님 댁에서 언제까지 이렇게 살 수도 없고, 아이와 내 생활비는 당연히 내가 벌어야 한다는 생각에서였다. 나는 이제 한부모 가정의 가장이니까. 나는 엄마니까. 그리고 어른이니까.

# 기타 코드

종이 위에 내가 할 수 있는 일들을 죽 적어보았다. 아이를 낳기 직전인 30대 초반까지, 나는 전공을 살려 영어교육 관련 일을 해왔었다. 그리고 아이를 낳고 기르면서 다시 대학에 들어가 유아교육 공부를 했다. 그때는 아이를 잘 키우는데 도움이 될 것 같았고, 배울 수 있을 때 배우고 싶기도 했었기 때문이다.

할 수 있는 일 아래쪽으로 내가 잘했던 일을 죽 적어보았다.

20, 30대를 바쁘게 살아오면서 잊고 있었다. 초등학생 때 동시 상 여러 번 받았던 것, 중학생 때 사생대회에서 상 받았던 것, 고등학생 때 교내 사진전에서 상 받았던 것까지 다 적어놓고 생각해보았다. '맞아…. 그러고 보니 내가 이런 것도 상 받았었네. 저런 것도 잘했었어. 어쩌다가 다 잊고 살았을까?'

그 목록들을 보며, 내가 잘할 수 있는 건 무엇인지, 어떤 길로 가야 아이와 나에게 최선일지, 내가 할 수 있는 일은 무엇인지 생각해보았다. 이런저런 걸 죽 적어놓고 찬찬히 생각해보면서, 여러 조합을 생각해보았다. 이거랑 이거를 해볼까, 저거랑 이거를 선택해야 할까 생각하면서 문득, 기타 코드와 같다는 생각이 들었다. 손가락을 줄 위에 이렇게 놓으면 c코드가 되고, 저렇게 잡으면 f코드가 되는 것처럼 말이다. 나는 앞으로 살아가면서 어떤 음악을 연주해야 하는 걸까…. 잘 연주할 수 있을까?

결혼 전에는 내가 하고 싶은 것 위주로 살아왔는데, 이제는 그렇게 하면 안된다고 생각했다. 내가 해야 하는 것, 아이에게 내가 최선으로 해줄 수 있는 것을 선택해야 했다. 그리고 정말 힘들게 선택을 내렸다. 내가 10년 정도 열심히 몸담고 공들여왔던 영어 전공을 내려놓고, 다른 전공인 유아교육을 선택해 임용고시를 봐야겠다고 생각했다.

그 선택의 가장 큰 이유는, 아이에게 훗날, 짐이 되고 싶지 않다는 생각에서였다. 홀어머니 걱정이라는 짐을 자식에게 지워주기 싫었다. 결혼할 때도, 내가 걸려서 아이의 마음이 힘들지 않기를 바랐다. 항상 걱정스러운 엄마가 되고 싶지 않고, 아 우리 엄마? 지금 계신 곳에서 재미있게 살고 계시겠지 싶은 그런 엄마가 되고 싶다고 생각했다.

그래서 전공을 바꾸어 인생을 살아가기로 결정했다. 이렇게 한 문장으로 덤덤히 말하기까지 정말 오랜 시간 속상했다. 선택을 해놓고도, 쭉 일해왔고 좋아했으며 커리어를 쌓아온 일을 내려놓는다는 생각에 많이 긴 시간 괴롭고 슬펐다.

로버트 프로스트의 '가지 않은 길'에 나오는 시구의 한 장면에서, '두 길을 가지 못하는 것을 안타까워하며, 한참을 서서 다른 쪽 길을 멀리, 끝까지 바라보는 것'처럼 그렇게 살아갈 방향을 정했어도 내가 두고 온 다른 쪽 방향을 오래 서서 쳐다보았던 것 같다. 하지만 어쩔 수 없었다. 아이와 나의 미래를 위해서는 이 방향이 최선이라고 여겼다.

# 아이의 마음도 나의 마음도 돌보기

그렇게 방향을 설정하고 나서 일을 하면서 공부를 병행하려고 했다. 그런데 몸도 고되고, 내 마음도 여전히 너무 혼란스러웠다. 평일에는 퇴근을 한 후 아이와 소소한 저녁시간을 보내고, 주말에는 내내 아이를 데리고 바깥으로 다녔다. 아이도 마음이 힘들 것 같아 최대한 감정을 분출할 수 있도록 했다. 같이 버스와 전철을 타고 연극을 보러 다녔고, 밀가루 체험 활동, 나무 체험 활동 등 뭔가를 만지고 활동하면서 스트레스를 풀 수 있도록 하였다. 할 수 있는 만큼 아이의 말을 들어주고, 얼굴을 바라보고 사랑한다는 말을 해주었다.

나의 마음 돌보기도 중요했다. 내가 어느정도 회복해야 아이를 제대로 돌봐줄 심적 여력이 생길 것 같았다. 그 당시 가족들에게 작은 비밀이 있었는데, 퇴근길에 일부러 한 시간을 걸어왔다. 적어도 그 시간만은 나 혼자만의 시간이 확보되기 때문에 내 마음을 달래기에 좋았다. 천변을 따라 거의 3km 넘는 거리를 매일 걸어왔다.

그렇게 걸으면서 노래도 듣고, 속에 쌓여있는 생각이나 마음들을 블로그나 인터넷카페 등에 마구 써 올렸다. 그냥 머리에 어떤 생각이나 감정이 늘자마자 바로, 머리에서 생각하지 않고 바로 글로 써서 내 버렸다. 그러다 보니 마음이 좀 진정되는 것 같았다. 마음속에 감정이 쌓이지 않고 그때그때 바깥으로 분출이 되면서 스트레스가 풀리는 것 같았다.

그렇게 써 내려가던 어느 날, 내 글을 본 직장 동료가 문득 문학 공모

전에 도전해보는 건 어떻냐면서 추천해주었다.

'일기는 많이 써봤지만 수필은 써본 적이 없는데… 과연 될까?'

수많은 나에 대한 의심이 들었지만 일단 도전해보기로 했다. 이혼을 하고 나서 나에 대해, 앞으로 어떤 사람으로 엄마로서 살아가야 할 것인지 생각하던 것을 다듬고 다듬었다. 내가 살아가는 동안 수많은 일들이 벌어지더라도 위축되거나 변질되지 않고 본연의 나를 지키며 살아가겠다는 의지를 담은 내용이었다.

제출하고 나서 스스로가 뿌듯한 기분이 들었다. 글을 씀으로써 내 생각이 정리가 되고 다시 한 번 어떻게 살아가야겠다는 다짐의 계기가 되었던 것 같다.


아무도 나한테 이혼했다고, 대놓고 뭐라고 하진 않았지만 나 스스로가 위축되었다. 나 때문에 이혼 가정의 아이가 되어버린 아들에게도 심히 미안했다. 어떤 일을 해야 할까 생각하며 적어보았던 내가 잘했거나 할 수 있는 목록들을 물끄러미 바라보았다.

내가 이제껏 살아오면서, 부모님 말을 크게 거역한 적이 있었나? 난 그냥 내 자리에서 해야 할 일하고 착하고 열심히 살아왔는데 이혼했다는 이유만으로 사회가 편견적으로 바라보고 낙인이 찍혀야 한다는 생각에 너무 속상하고 억울했다. 밝고 순수하게 자라온, 내가 공들여 키운 아들도 내 이혼으로 인해, 아이는 아무것도 한 게 없는데도 다른 사람들의 편견 섞인 시선이나 손가락질을 또는 동정어린 눈길을 받을까 봐 너무 두렵고 짜증이 났다.

'내가 이혼할 때 도와줬어? 내가 이혼하기 전에도 이혼하고 나서도 얼마나 열심히 살고 있는지 모르잖아? 이혼했다는 이유 하나로 죄인처럼 살아야 돼? 숨기고 살고 싶지 않아. 숨긴다는 건 부끄럽고 뭘 잘못했다는 거잖아? 내가 이혼한 건 아이에겐 잘못한 일이지만 다른 사람들에겐 잘못한 것 없는데 왜 고개 숙이고 살아야 해?'

억울하다는 생각이 들어 견딜 수 없었다. 뭔가 해야만 할 것 같았다.

싱글맘의 육아 이야기, 아이가 겪는 슬픔, 한부모 가정의 가장이 겪는 이런저런 어려움 등은 겪어보지 않으면 모르겠다는 생각에 이걸 내가 쓰고 그려봐야겠다 생각했다.

'한부모 가정의 가장인 나도 당신들과 같은 부모이고, 잘 살아보려고 했는데 잘 안됐을 뿐이에요. 나도 내가 이혼할 줄 몰랐어요. 내 아들도 한부모와 같이 살고 있기에 다른 아이들과 '같지만 다른, 다르지만 같은' 그저 한 아이예요.' 라는 것을 말하고 싶은 마음에서였다.


'어릴 적 그림과 글에서 상 받았던 것을 기억하자. 괜찮아, 할 수 있어!'

그렇게 용기를 내어 웹툰을 그려보기로 마음먹었다.

마음은 먹었으나 시작을 하기가 너무 무서웠다. 싱글맘 웹툰이 공개되면 다들 나만 쳐다볼 것 같았기 때문이다. '너무 튀어서 누군가 나를 취재하러 오면 어떡하지?'라는 지금 생각하며 터무니없는 고민도 했다. 그렇게 한 두 주의 고민 끝에, 아이가 잠들고 난 후에 처음으로 종이에 내 마음을 그려보았다. 그리고 스캔해서 온라인상에 올렸다.

시작이 어려워서 그렇지, 한번 구르기 시작한 공은 데굴데굴 굴러갔다. 나는 일주일에 한편씩 올리기로 마음을 먹고, 시간을 쪼개 아이가 잠든 사이에 그림을 그렸다. 에피소드마다의 감정과 느낌을 다시 고스란히 느끼며 그림을 그리다 보니 눈물도 많이 흘렸다. 그리고 그 과정 속에서 내 감정이 많이 바깥으로 분출되면서 나는 안정을 찾기 시작했다.

걱정했던 것과 다르게 아무도 나에게 비난의 화살을 돌리지 않았다. 내 걱정처럼 나를 주목하지도 않았다. 그냥 내가 막연히 혼자 걱정하고 두려워했다는 생각이 들었다. 그냥 아무 일도 없었다.

처음엔 괜히 두렵고 위축되어서 나 여기 있다고, 혼자 큰 소리로 '나 이혼했어!! 어쩔 건데?'라고 씩씩대며 세상에 외친 건데, 사람들 반응이 전혀 내가 생각했던 것이 아니었던 것이다. 그렇게 나는 웅크리고 방어적인 태도에서 점점 치유되고 자유로워졌다.

그러던 중, 내가 썼던 수필 '선인장'이 장려상을 받았다. 그 의미는 정말 컸다. 처음 써본 수필이 상을 받았다는 것도 놀라웠고, 내가 앞으로 어떻게 살아가겠다는 의지를 담은 내용이 인정을 받은 것 같아, '내가 옳은 방향으로 잘 살아가고 있나 봐. 나 괜찮은 사람인 가봐'라는 기분이 들었기 때문이다. 잘 해낼 수 있다는 응원과 함께 박수를 받은 기분이었다.

그렇게 나의 감정과 아이의 감정을 돌보면서 일 년을 보냈다.

# 독한 mom

마음은 많이 가라앉았지만, 이렇게는 영영 임용고시 공부를 시작할 수 없을 것 같다는 생각이 들어서, 큰 결심을 했다. 1년간 육아휴직을 신청하고 공부에 매진하기로 말이다.

양육비는 들어왔다가 말았다가 하고 있었고, 부모님에게 용돈이나 생활비를 받기도 부끄럽고 면목 없어서, 나로서는 그 선택이 최선이었다. 아이와 오롯이 같이 지내주어야 하는 육아휴직 기간이라는 건 잘 알고 있었지만, 그래야 최소한의 돈이라도 들어오기 때문에 아예 관두고 공부하는 것보다는 나은 선택이었다. 내 입장에선, 육아휴직을 일 년 이상 내기는 어려운데, 정말 고민이 많이 되었다. 유치원에 다니는 아이를 바라보면서 수많은 생각을 했다. 다른 방법은 없을까? 이게 최선이 맞는 걸까 하고 말이다.

하지만 여러 번 생각해봐도, 도박 같지만 나의 일 년, 특히 아이와 함께해줄 수 있는 시간인 그 일 년이라는 육아휴직을 올인 해봐야겠다는 결론이 내려졌다. 나한테 있는 전부를 걸어야 하는 승부수였다.

만일에 시험에 떨어지면 그 모든 노력과 시간이 물거품이 되어버리고, 육아휴직기간도 써버린 것이 되는데 정말 괜찮을까 두렵고 확신이 없었다.

아이가 아직 6세 일때라, 아예 공부에만 전념할 수는 없었다. 내 공부 시간은, 아이가 유치원에 가 있는 시간과 잠든 시간을 활용해 보아야했다.

아이를 유치원에 보내고 나면, 바로 도서관으로 갔다. 그리고 아이가 하원 하는 시간에 맞추어 버스를 기다리고 아이이야기를 들으며 집으로 왔다. 놀이터에서 아이가 노는 날은, 앉아서 쉬며 몇 시간이고 기다려주었다. 해야 할 공부가 태산이었지만, 아이와 있을 때는 최대한 아이에게 시선을 주려고 노력했다. 아이도 아직 마음의 회복이 필요하다고 생각했다.

하지만 아이가 잠들 시간이 되면 바로 침대 발치에 있는 책상으로 가 책을 폈다. '엄마는 우리 미래를 위해서 공부할게, 너는 잘 시간이야' 하고 말해주고 공부를 시작했다.

아이 옆에 누워 재워주고 싶었지만, 그러다 자꾸 나도 함께 잠이 들어버렸다. 그래서 정해놓은 시간이 되면 토닥토닥 몇 번 해주고 얼굴을 어루만져준 뒤, 마음이 아팠지만 아이가 누워있는 침대를 등지고 공부 했다. 공부를 하다가 뒤돌아 보면, 아이가 자면서 내 등 바로 뒷부분까지 굴러와 있어서 눈물이 날 것 만 같았다. 나랑 얼마나 같이 자고 싶었으면 여기까지 왔을까 하는 생각에 말이다. 하지만, 독하게 마음먹은 이상 일 년 간 절대로 어떻게든 해내야 한다고 마음을 다잡았다.

시험이 가까워질수록 너무 초조해졌다. 직장 상사가, 웃으면서 '일 년 뒤에 다시 돌아오게 될 것 같은데?'라고 비아냥거렸던 목소리가, 동네 지인이 '너도 솔직히 알잖아, 그 공부하겠다는 게 현실도피라는 거?'라고 말했던 목소리가 귓가에 맴돌았다. 시험에 만일 떨어진다면 그들이 웃으면서 '그것 봐~' 하며 나에게 말할 것을 상상하니 무서웠다. 부모교육과목을 공부하면서 아이에게 TV 보라고 틀어주면서는 내가 무엇을 하고 있는 건지 눈물이 핑 돌았지만, 아이에게 미안한 만큼 이 일 년에 모든 것을 걸어야 한다고 생각해서 독하게 공부에 전념했다.

내 인생 살면서 그렇게 독하게 살아본 적이 없었던 것 같다.

그리고 뼈저리게, 어른들이 했던 공부도 때가 있다는 말을 절감했다. 외워도 외워도 돌아서면 잊어버리고 마는 내 모습에 좌절하면서 하늘을 보고 운 적도 있다. 도대체 반복하고 반복하는데 왜 이렇게 잊어버리는 건지 이러면 안 되는데, 난 이 일 년에 모든 걸 다 걸었는데….

마음이 너무 간절해지자, 아침잠이 많던 내가, 알람 소리 없이 새벽 5시에 일어나 책을 펼쳤다. 시간이 너무 부족해서 나에게 주어진 시간을 최대한 투자해야 했다.

그렇게 공부하는 도중에, 자가면역질환 상태가 안 좋아져서 스테로이드를 먹기도 했었다. 붓는 부작용도 있는 약인데, 움직이지 않고 장시간 앉아 공부하다보니 하체가 퉁퉁 부어 아프기도 했었다. 그 와중에, 아이 유치원에서 하는 운동회나 야유회, 발표회에는 내가 직접 참여했다. 아이가 좋아하는 모습을 보면서 더 함께해주지 못한 것이 미안했다. 걸으면 다리에서 물이 나올것같이 부은 느낌이 들어 거의 앉아있었지만 내가 해줄 수 있는 건 해주고 싶었다.

미지막 두 달은 아예 유치원 등 하원까지 부모님께 부탁드리고 하루 종일 도서관에서 공부했다.

그렇게, 임용고시에 합격했다.

내 인생 가장 독하게 살았던 일 년 반이었다.

아이가 있는 엄마라서 정말 공부하기 쉽지 않았지만, 아이가 있었기 때문에 더 어느 때보다 독하게 나 자신을 몰아세울 수 있었다. 아이를 위해서 내가 해줘야만 하는 보상이라고 생각했다. 내가 이혼으로 아이에게 저지른 잘못을 이렇게라도 회복해줘야 한다고 생각했다.

## 39세에 교육 공무원이 되다

주변사람들이 나보다 더 기뻐해주었다.

아이는 뭔지도 모르고 좋은 일이라니까 기뻤했고, 부모님은 너무 좋아하시면서 사방에 자랑을 하셨다. 정작 나는, 솔직히 기쁘지 않았다. 기쁘다기보다 내가 느낀 감정은 안도감이었다.

'아이에게 적어도 짐은 안 되겠다. 다행이네. 정말 다행이야⋯.'

내가 아이가 없었다면 이렇게까지 나를 몰아가면서 공부할 수 있었을까? 아이가 있었기 때문에, 내가 이혼녀라는 힘겨운 상황이었기 때문에 인생에서 가장 독한 시간을 보낼 수 있었던 것 같다.

그 힘들고 외롭던 시간을 잘 버텨내었다. 좋은 결과까지 있어서 너무 다행이었다. 아이의 시간도 나의 시간도 헛되지 않아서.

나 또한 내가 다시 보였다.

'나도 한다면 할 수 있는 사람이네? 나에게 이런 독한 면도 있었네? 그런데 나 이번에 좀 멋졌던 것 같아.' 하는 자신감과 자존감이 차올랐다.

아이에게도, 엄마가 뭔가 해낸 것을 보여준 것 같아 뿌듯하고 좋았다. 할머니가 귀띔해 주었는지, 아이가 '엄마가 우리 미래를 위해서 열심히 공부했지~ 잘했어, 고마워.'라면서 날 안아주었다.

외벌이면서 휴직하고 공부하려니 경제적인 걱정도 했고, 건강도 흔들리는 와중에, 어려운 시험에 합격하고 나니, 진흙탕에서도 꽃을 피울 수 있는 사람인 것 같았다. 그리고 오스카 와일드의 좋아하는 인용문처럼

'시궁창 속에 발을 담그고 있었어도 하늘의 별을 바라볼 수 있는 사람 중 한 명이 나였어!!' 라고 생각했다.

# 엔딩이 아니라 또 다른 시작

동화에서는 모두가 행복하며 어려웠던 일이 한 번에 해결되는 해피엔딩으로 짠!하면서 끝나곤 하지만, 그건 그 순간까지의 이야기에 한정된다는 것을 어른이 되면서 깨닫게 된다. 내가 시험에 합격하면 되면 나의 힘든 사정이 많이 해결되겠지라고 막연하게 생각했었는데 사실 크게 달라진 것은 없다.

아이와 독립해 나와 살기는 하지만, 외벌이라 힘들고, 나는 여전히 병을 다스리며 살아야한다. 그리고 멀리 떨어진 곳에 발령받아서, 하루 왕복 120km 장거리를 오가다 보니 항상 피곤하다. 평일에는 아이 밥만 겨우 챙겨주는 수준이다. 항상 미안하고 항상 바쁘다.

하지만 그럼에도 나는 아이와 함께 잘 살아가고 있다. 아이의 순수한 말과 행동을 보면서, 나의 어릴 적 모습과 비교해보다가 예상치 못한 깨달음과 치유를 받기도 한다. 그렇게 느끼고 알게 된 것을 글이나 그림으로, 다른 사람에게 혹시 도움이 될까하는 마음으로 온라인에 올린다. 하지만 오히려 다른 사람들에게서 내가 공감을 받으며 치유되기도 한다.

내가 듣고 싶었던 말인, 그냥 너라서 사랑한다는 말을 아들에게 하루에도 몇 번씩 해준다. 문득 살아가기 벅차고 두려울 때에는 아이에게 다 잘될 거야라는 말을 해주곤 한다. 그러면 아이가 어느 순간 나에게 '엄마 걱정하지 마. 다 잘될 거야.'라고 내게 말을 되돌려준다. 우리는 그렇게 서로를 보듬고 사랑하면서 매일을 살아가고 있다.

바쁘게 살아가는 하루하루이지만, 시간이 걸리더라도 내가 꿈꾸는 것들을 향해 나아갈 예정이다. 나를 위해서, 그리고 나와 아들 우리 둘을 위해서 말이다. 나는 꿈꾸며 조금씩 목표를 향해 나아갈 것이고, 아들은 그렇게 살아가는 나를 보고 내 뒤를 따라 걸어올테니 말이다. 그리고 더 나아가 궁극적으로 내가 꿈을 하나씩 이루어 가는 과정에서 깨닫고 배운 것들을 여러 사람과 나누며 살아가고 싶다.

# 다짐

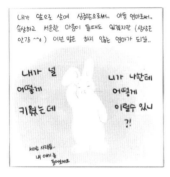

# 제 4 장

# 51%

# 나를 여전히 엄마로 살아가게 하는 1%의 어떤 것에 대하여

when 2021.5.1.

with 권소정, 김미옥, 김민주, 김보람, 김서진, 비화, 이슬비

host 권소정

소정: 안녕하세요. 사회를 맡게 된 권소정입니다. 오늘은 『인생 초보인데 아기도 있어요』 작가들이 모두 모여서, '엄마'라는 이름과 '나'라는 이름을 동시에 가지고 가면서 어떻게 행복하게 살 수 있을까 다양한 이야기를 나눠보려고 합니다. 먼저 기획자님께서 오늘 이야기 주제이자 제목인 51%에 대해 설명해주시면 좋을 것 같아요.

슬비: 20대 때 호주로 1년 동안 워킹홀리데이를 떠났던 적이 있어요. 그때 호주에서 정착한 언니를 사귀게 됐는데, 그 언니는 10년 전에 호주인하고 결혼해서 아이 셋 엄마였어요. 같은 한국사람이니까 저랑 자주 밥도 먹고 수다도 떨고 했는데, 남편이나 아이 얘기가 나오면 아무래도 힘들었던 이야기를 많이 하더라고요. 아무도 없는 외국에서 아이 셋 낳고 기르다 보니 산후 우울증이 심해서 너무 죽고 싶었던 때가 많았다고, 죽다 살아난 게 지금이라고 그러는 거예요. 큰아이, 둘째 아이가 초등학교 들어가고 막내도 유치원 가고 하면서 엄마를 덜 찾게 되니까 지

금은 그나마 많이 나아진 상태라고 얘기를 하더라고요. 저는 그때 막 20대 중반에 아기도 없고 결혼도 안 했을 때니까, 언니 말을 완벽하게 이해하지는 못했어요. 어느 날은 그래서 물어봤어요. "그렇게 힘들고 아팠는데 언니는 어떻게 참았어요?" 그랬더니 그 언니가 하는 말이 '51%'라는 거예요. "내가 만약에 내 인생이 불행한 게 51이었다면 당장 모든 걸 버리고 한국에 갔을 거다. 근데 어쨌든 행복한 게 49가 아니라 51이었고, 그 1% 때문에 여태까지 나는 결혼 생활하고 아이들 키우는거다." 이렇게 얘기를 했어요. 그때 만난 그 언니의 말이 지금까지도 참 마음에 와닿아요. 우리가 각자의 원고에서 엄마가 되어서 힘들고, 고통스러운 이야기들 참 많이 했잖아요. 그런데 그럼에도 불구하고 우리가 내 아이들을 꿋꿋하게 키우면서 계속해서 엄마로서 살아나가는 이유가 이 1%에 있지 않을까? 아이를 낳고, 기르고, 엄마가 되었기 때문에 잃은 것들도 있겠지만, 우리가 얻은 이 1%의 어떤 것이 삶에서 그 무엇과도 바꿀 수 없는 중요한 것은 아닐까, 그런 생각을 하곤 해요. 그런 의미에서 오늘 이야기의 제목을 51%라고 지어보았습니다. 진솔한 이야기들 많이 부탁드립니다.

소정: 네 감사합니다. 51%라는 제목처럼 엄마가 되어서 얻게 된 것들, 좋았던 순간들, 내가 엄마임과 동시에 인간으로서 발전했다고 느낀 순간들을 오늘 떠올려보면 좋겠습니다. 우리가 어떤 사안에 대해서 의미를 발견한다는 건, 사실 어느 순간 떠올리거나 번뜩 깨닫는 건 아닌 것 같아요. 어떤 일을 겪어내는 과정을 통해서 혹은 그 이후에 자연스레 느

끼게 되는 경우가 많지요. 그래서 어쩌면 오늘 함께하는 이 모임을 통해서 우리 엄마들의 그 1%를 찾고 만들어가는 시간이기도 한 것 같아요. 그래서 일단은 엄마가 되고 나서 정말 이건 힘들었다, 이런 지점들부터 이야기해보면 좋을 것 같습니다.

## Q1. 아이를 낳고 힘들었던 점?

보람: 저는 약간 자만했던 것 같아요. 애도 잘 키우면서 나도 잘 챙기고 말하자면 슈퍼우먼처럼 내조도 잘하고 내 일도 잘하고 애들도 잘 키우고 내 커리어도 잘 쌓고 되게 멋있는 여성이 될 수 있을거라 생각했어요. 그런데 그게 안 되잖아요. 아이들은 스스로 선택해서 태어난 것이 아니니까 이 아이를 온전히 잘 길러내야 한다는 제 책임을 다해야 한다고 생각했어요. 그래서 그 외 다른 것들을 미뤄두거나 포기해야 하는 순간도 있었어요. 이 과정에서 모든 것들을 다 잘 해낼 순 없다는 걸 깨닫고, 내가 원래 가지고 있던 생각들이 다 허상이구나 이런 걸 느꼈던 그 지점이 제일 힘들었던 것 같아요.

서진: 아이를 낳기 전에는 당연히 내가 삶의 중심이어서, 내가 배우고 싶은 건 배우고, 만나고 싶은 사람이 있으면 만나고 자유로운 삶을 살아왔어요. 그래서 아이가 태어나고 나서 힘들다고 느껴졌던 점은 내가 하던 모든 것을 내려놓고 바로 아이에게 가야한다는 것이었어요. 예를 들어 아이가 울면 내가 샤워중이어도 화장실에서 볼일을 보는 중이어도

바로 뛰어가야한다는 것처럼요. 내가 나를 위해 집중하고 뭔가에 빠져 있는 도중이라도, 아이가 나를 필요로하는 순간 모든 것에서 손을 떼고 아이에게 가야하는 것이 처음에는 쉽지 않았어요. 또한, 아이를 키우기 위해 일을 관두고 육아에 집중할 때도 어려운 순간들이 많았어요. 기저귀를 갈고, 아이를 먹이고, 아직 말 못 하는 아이에게 언어적 자극을 주고, 정서적 친밀감을 쌓기 위해 온종일 답이 돌아오지 않는 혼잣말을 해주고 있다보니 내가 이제껏 열심히 살아온 것이 무엇을 위해서였던가 싶은 생각에 슬플 때가 있더라고요. 그즈음에는 주변 사람들이 승진을 하거나, 박사 학위를 따는 등 커리어적으로 한 단계 발전해가는 소식이 들려오면서 더욱 상대적 박탈감이 느껴졌던 것 같아요. 당연하다고 여겨왔던, 내 중심으로 돌아가던 삶을 잠시 내려놓고, 내 아이를 그 자리에 대신 놓기까지가 힘들었던 것 같아요. '나'에서 '엄마'로 성장하면서 내 안의 축을 움직여야 하는 것이기 때문에 그랬던 것 같네요.

미옥: 육아를 시작하고 나서 집안에서만 생활하는 것이 감옥같이 느껴질 때도 있었고, 특히 육아는 정답이 없다는 것이 힘들었어요. 아이를 키우다 보면 어쩔 수 없이 크고 작은 사건·사고들이 벌어지는데, 이럴 때마다 모든 게 엄마이고 이 일을 이렇게 처리하기로 한 내 탓 같더라고요. 끝도 없고 정답도 없고 반복되는 이런 생활을 잘 견뎌내는 것이 가장 힘들었던 일이었어요.

비화: 저는 엄마로서 저의 부족함을 받아들이는 게 힘들었어요. 큰아

이가 영아산통으로 밤낮없이 울 때가 있었어요. 160센티가 안 되는 키로 4킬로 넘는 애를 온종일 업고 있는데, 애가 가만히 있는 것도 아니고 발버둥 치면서 울잖아요. 애는 움직이고, 계속 울고 하는데 그 우는 소음이 나중에는 너무 크게 느껴지는 거예요. 그러니까 저도 모르게 하루에도 몇 번씩 애를 때리고 싶은 거예요. 그만 울라고. 귀마개 사서 끼고 싶고, 안아주기도 싫었어요. 그러면서도 그런 생각을 하는 저 자신이 너무 환멸스럽고, 못 받아들였어요. 남편 붙잡고 "난 모성이 없나 보다, 엄마가 될 준비가 안 됐는데 아이를 낳았나보다." 무서워서 고백하듯 이야기했어요. '내가 이 아이를 온전히 사랑할 수 없구나. 내가 참 별로구나' 생각했어요. 그때가 가장 힘들었던 것 같아요. 내가 내 자식을 오롯이 사랑할 수 없었다는 거. 미디어에서 보여주는 모든 걸 극복한 엄마이게 내가 아니구나. 난 모성애라는 게 없구나. 이 사실이 너무 힘들었어요. 지금은 처음 낳았을 때보다 점점 아이를 더 사랑해요. 전 모성애는 타고나는 건 아닌 것 같아요. 부모와 자식으로 만났지만 아이와 엄마도 살아가면서 정과 유대감이 형성된다고 생각해요. 가끔은 "그래 너도 내가 엄마라 참 힘들지" 이야기도 하고.(일동 웃음) 가끔 미디어를 욕하기도 해요. 모성애나 엄마 프레임에 대해서. (그것만 보고는) 전 몰랐거든요. 애 낳고 기르는 게 이렇게 힘들다는 거.

슬비: 저는 제가 온전하게 책임져야하는 존재가 생겼다는 중압감이 가장 힘들었던 것 같아요. 살아온 대부분의 시간을 집안의 막내로 부모님과 언니 그늘 아래에서 솔직히 저는 별로 책임지거나 견뎌야 하는 것

이 많지 않았어요. 그런데 업무적인 것 외에 뭐 어떤 평생에 걸쳐 책임이라고는 져 본 적 없는 저 같은 사람이 결혼을 하고, 나름 계획을 했답시고 아이 낳아서 병원에서 일주일, 조리원에서 2주 지내고 생후 한달도 안 된 아이를 안고 집으로 왔는데, 그 때부터 모든 게 제가 해야 할 일이더라고요. 저는 남편이나 특히 친정 엄마가 정말 많이 도와주셨는데도, 결국 아이에 대한 모든 최종 결정은 저한테 있는 거예요. 그런데 권한과 책임은 세트잖아요. 아이는 엄마랑 가장 친밀하게 맞닿아있지만 또 어떻게 보면 제가 삐끗 잘못하면 아이가 저 때문에 위험하거나 불행해질 수 있는 상황이더라고요. 저는 처음엔 이게 너무 부담스러워서 몸이 아팠어요 중압감에. 왜냐면 저는 정말 부족한 사람인데, 언젠가 제 품에서 나가서 이 아이는 사회적인 존재로 살아가야하잖아요. 그렇기 때문에 국가에서도 아이를 낳은 가정에 아동수당, 양육수당, 출산축하금도 주는 거고 전기요금 감면이나 온갖 예방접종 혜택 이런 것들을 부여해주는 거잖아요. 훌륭하게 사회적 존재로 잘 키우라고. 이 아이가 좋은 사람으로 자라서 사회로 나가고 그래서 또 다음 세대를 위해서 여러 가지 노동과 활동을 통해 지금 받은 많은 혜택들을 또 다음 세대에 돌려줘야하는 건데. 과연 '내가 건강하게 이 아이를 잘 성장시켜서 사회로 내보낼 수 있을까.' 이 고민이 너무 힘들었고, 여전히 제 부족함에 대해서 많이 고민해요. 아이는 스펀지처럼 많은 것들을 배우고 접하면서 자라는데 내가 아닌 다른부모였다면 더 훌륭하게 이 사랑스러운 존재가 잘 자랄 수 있을지 모르는데, 너무 부족하다. 미안하다. 이런 생각 많이 해요. 평생에 걸쳐서 매번 마음을 다잡고 계속 짊어지고 가야 할 힘듦이고 또 고민인 것 같아요.

민주: 먼저, 저는 제가 일을 하다 보니까 우리나라가 워킹맘에게는 그렇게 관대하지 않은 사회라는 것을 복직하고 나서 더 느끼는 것 같아요. 물론 육아 여건이나 이런 건 예전에 비하면 정말 많이 좋아지긴 했지만, 정작 그걸 해내야 하는 엄마들이 일하는 여건은 아직 힘든 점도 많이 있는 것 같아요. 저만 힘든 건지도 모르겠는데. 오히려 남성들은 평등을 얘기하면서 똑같이, 예를 들면 "훈련도 가야 하고 파견도 가야 한다."고 이야기해요. 근데 저 개인적인 입장에서는 저도 정말 가고 싶은데, 지금 갈 수 없는 상황인데, 일부러 가지 않는 상황이 아닌데. 그게 오히려 핑계를 댄다. 이런 식으로 보이는 것 같아요. 회식도 하고 싶고 같이 어울리고도 싶고, 취미 생활도 하고 싶지만 할 수가 없는 상황인 것인데. 그게 이제 다른 사람이 보기에는 불성실하거나 적극이지 않다 이렇게 보일까봐. 그래서 혹시나 '불이익이 있지 않을까' 그런 생각이 들기도 해요. 워킹맘으로서 이 부분이 가장 힘든 것 같습니다. 그리고 이건 제 개인적인 고민이기도, 힘든 점이기도 한데요. 저는 군인이다보니 자주 근무지를 옮기고 굉장히 많은 사람을 만나게 됩니다. 다양한 유형의 사람을 만나다 보면 소통 과정에서 말로 상처를 입는 경우도 많은 것 같아요. 이런 경험이 쌓이다 보니까 상처받지 않기 위해서 스스로에게 '괜찮다'라는 말을 많이 했어요. '원래 그래. 아무 뜻 없이 한 말이야.' 이런 식으로. 사실은 상처받아도 될 일인데 그걸 억눌렀던 것 같아요. 그런데 이게 어느 순간 문제라고 생각이 들었냐면 애들을 대할 때, 애가 다쳐

도, 울어도, 서로 싸워도 항상 하는 말이 "괜찮아" 인 거예요. 사실상 이 아이는 어느 땐 화가 나고, 어느 땐 서운할거고, 어느 땐 본인의 요구를 못 채워줘서 우울할 때도 있을텐데. 저 자신이 너무 상처를 '아무것도 아니야, 괜찮은거야' 라고 억누르다 보니까 아이들에게도 그 감정이 디테일하게 못 돌봐주는 것 같아서 문제점을 고쳐가려고 하는 중입니다.

소정: 선생님들이 느꼈던 거 하나도 빠짐없이 다 느꼈던 것 같고요. 그리고 저 같은 경우에는 '불안함'이 엄청 많이 늘었던 것 같아요. 남편이 배우였고, 경제적으로 제가 더 벌어야 하는 상황이었어요. 저 또한 프리랜서였기에 들어오는 일은 몸을 사리지 않고, 다 했어요. 그냥 계속하면 잘 될 거라고 생각했어요. 역할이 반반 딱 나눠질 줄 알았거든요. 상황에 따라 내가 일을 좀 더 하면, 남편이 육아를 하고 그렇게. 근데 아이에게 엄마라는 역할이 아빠와는 별개로 꼭 채워 줘야 할 부분이 있더라고요. 그게 본능적인 모성애인 것 같기도 해요. 스스로의 욕구죠. 사실 남편이 상당히 육아와 살림을 잘했음에도 불구하고 내 스스로가 불안함에 시달려야 했어요. 일에 집중할 수 없고, 일을 하면서도 육아와 가사가 빈틈이 생기니 계속 불안했어요. 그런데 또 막상 집에 와서 애들을 보면, 일 생각이나 불안했어요. 같은 일을 하는데, 좀 더 자유로운 독신들이나 아이가 없는 사람들에 비해 제가 너무 불리하다고 생각 했던거 같아요. 불안감이 늘어나니 모든 것에 쫓기기 시작했고, 여기가도 푸념, 저기가도 불만이었어요. 계속 그런 삶을 이어가면서 지쳤고, 모든게 엉망이 되어가는 것 알면서도 어찌할 방법을 몰

라 동동거렸어요. 근데 확실한 건 시간이 지나고 아이들도 크니 조금의 여유가 생기더라구요. 마음의 변화도 있겠지만 물리적인 시간이 많아져요. 그리고 애들이 크면서 말도 통하고, 또 나한테 위로도 해주고 그런 시기가 오더라고요. 그리고 엄마의 생각과 감정을 더 공유하니 저도 즐거워요. 지금은 그 고비를 넘겼더니 마음도 여유로워지고 육체적인 피곤함이 많이 없어진 것 같아요. 요즘 일을 조금 줄인 효과가 크기도 하지만요. 시간은 지나고 상황은 바뀌니까. 그러니까 엄마가 다 기억이 안 난다고 하셨나 싶기도 해요. "엄마 안 나 키울 때 안 힘들었어?"라고 많이 물었는데… 그때마다 엄마가 "기억이 잘 안 나는데~ 다 한때지~" 이러셨어요. 어른들이 다들 그러시잖아요. "그때가 제일 좋은 시절이야. 난 제 자식 예뻤던 걸 몰랐어. 살기 바빠서~" 이런 말씀들 많이 하시는데, 귀담아들어야 할 이야기인 것 같기도 해요. 정말 이 시기가 지나고 나면 다시는 오지 않으니까요. 그래도 아직까진 돌아가고 싶진 않네요. 지금이 좋아요. 어쨌거나 그럼에도, 이런 과정들을 통해서, 제가 봤을 때는 엄마가 안 되어 본 사람들이 모르는 걸 우리가 느낀 건 분명히 있다고 생각해요. 엄마가 되어서 느끼게 된 것, 그 1%에 대해서 좀 더 이야기를 나눠볼까요?

## Q2. 엄마가 되었기에 느끼고 배울 수 있었던 점은?

슬비: 친절함이 삶을 살아가는 데 가장 유능한 태도라는 것을 확신하게 된 점인 것 같아요. 저는 일하면서 다른 사람과의 관계에서 친절해야

한다는 좀 강박이 늘 있었어요. 그 이면에는 저 사람도 나에게 친절하게 대해줘서 내 마음이 상처받지 않고 싶다는 욕망도 컸던 것 같아요. 그런데 살다보면 친절하지 않은 사람들도 만나고, 저 역시 어느 순간엔 누군가에게 불쾌감을 줄 수 밖에 없는 그런 순간들이 있잖아요. 그런 과정을 겪으면서 상처를 받기도 했고, 또 소위 호구같다는 말이나, 저는 친절했던 건데 상대방에겐 제가 비굴한것처럼 보이는 상황도 있고 했어요. 이런 경험이 쌓이면서 좀 의기소침해진 면이 있어요. '내가 비굴하거나, 혹은 프로페셔널하지 못하기 때문에 혹은 능력이 없어서 상대방의 비위를 맞추는 것처럼 보이는구나. 그러면 더 이상 친절하지 말아야 하나.' 이런 생각들도 했어요. 그런데 임신하고 아이를 낳고 정말 주변 친구들 가족들 지인들은 물론이고 정말 많은 분들이 저에게 친절을 베풀어주셨어요. 길을 걷다가 높은 계단에서 정말 아무런 거리낌없이 그 무거운 아이 유모차를 번쩍 들어주셨던 분들, 짐이랑 아이랑 가득 안고 가는 절 보고 가는 길마다 문을 열어주셨던 분, 아이가 막 우는데 자기 손주처럼 달래주시던 분 등등. 저도 살아보니 그 친절이 참 감사하더라고요. 그분들이 저한테 친절을 베풀어주기까지 각자 삶의 고단함이 분명 있었을거예요. 그럼에도 불구하고 친절하기로 선택한 거고. 이 부분이 너무나 감사하고 대단하다고 느꼈어요. 왜냐면 저부터도 아이 낳고 너무 피곤하고 고단하니까 솔직히 친절할 수 있는 여유나 여력이 정말 많이 사라졌었거든요. 온 힘을 짜내야 늘 웃는 낯으로 친절할 수 있더라고요. 그래서 얼마나 친절한 게 힘든 건지, 그리고 그 쉽지 않은 친절한 태도가 얼마나 다른 사람에게 힘이 되고 절실하게 도움이 되는지를 엄마가 되면서 깨달은 것 같아요. 또 한편으론 저희 아이가 세상에 나가서 만나는 사람들 역시 모두 제 아이에게 친절했으면 좋겠어요. 그래서 저도 모두에게 늘 더 친절하려고 노력하면서 살아가고자 하고 있습니다. 이것이 제가 엄마가 되고 얻은 가장 큰 깨달음이자 배운점입니다.

미옥: 엄마가 되면서 내 아이 뿐만 아니라 다른 아이를 바라보는 시선이 변화한 게 가장 큰 것 같아요. 솔직히 말씀드리면 결혼해서 제 아이를 낳아보기 전까지 저한테 아이들은 시끄럽고 귀찮은 존재였어요. 그런데 내 아이를 낳고 키우면서 아이의 소중함과 순수함에 대해서 다시 생각하게 되고, 다른 아이들까지도 '정말 사랑스러운 존재구나' 생각하게 되더라고요. 또 하나는 아가씨 때 길에서 아이 막 혼내고 이러는 엄마들을 보면 너무 놀라고 이해할 수 없었어요. 그랬는데 제가 아이를 키우다 보니 그때의 그 엄마가 왜 그렇게 길에서 아이를 혼낼 수 밖에 없었는지 정말로 이해가 가요. 그래서 저는 아이를 낳고 키우면서 배우게 된 것이 있다면, 누군가를 수용할 수 있는 이해의 폭이 조금이나마 넓어진 점인 것 같아요.

비화: 저의 10대는 정말 과했어요. 항상 뾰족뾰족하고 약한게 들키기 싫어서 강한척 하고 상처받기 싫어서 까칠하게 행동하고 그랬어요. 그런데 그렇게 하다 보니 좋은 사람들을 다 놓쳐버린거예요. 그래서 변해야겠다 생각했죠. 그런데 어떻게 해야할지 방법을 모르겠는거예요, 그래서 책을 읽기 시작했어요. 그 당시 유행하던 키워드는 '배려', '정의'이

런 거였어요. 어떤 책을 읽어야 할지 모르니까 무작정 베스트셀러, 유명한 책 위조로 읽었어요. 그리고 그 책에서 말하는 대로 따라하고 생각해려고 노력했어요, 그때의 저는 자존감도 낮았고 제 가치관이라고 할 만한 것도 전혀 없었으니까요. 책 내용에 공감이 될 때도 있었지만 이해가 되지 않거나 공감이 안될 때가 더 많았어요. 그래도 저는 그냥 책에서 말하는대로 행동하려고 노력했어요. 저 같은 애가 생각하는 건 틀린 것이니 전부 없애버려야 한다고 생각했던 것 같아요. 그런데, 책에서 말하는 대로 행동했는데 인간관계가 좋아졌다는 생각이 안드는거예요. 사람에 따라 다르고 사회성이라는게 책으로 배울 수 있는게 아닌데 그걸 그때는 몰랐던 거죠. 친한 언니가 그때 그러더라고요. "너는 어떤 사람인지 잘 모르겠어. 물에 물탄 듯 술에 술탄 듯 그래. 너만의 특색이 없어." 이 말에 조금 충격을 받았어요. 나는 절제하면서 진심을 다해 그 사람에게 맞춰 행동했는데, 돌아오는 대답은 제 예상 밖의 말이었거든요. 그때부터였어요. 제가 제 생각과 행동에 의문을 가졌던 게. 저는 어느순간 부터인가 제가 어떤 생각을 하거나 어떤 감정이 생기면, '이게 맞는 생각인가? 이렇게 결정 내려도 되는 건가? 지금 화내도 되는건가? 내가 너무 이기적인건가? 저러면 사람들이 싫어하려나?' 이런 생각들이 계속 들더라고요. 내가 내 말에, 내 결정에, 내 감정에 확신이 없고. 그래서 아이를 키울 때에도 조심스러웠어요. 아이는 스펀지 같이 내 말을, 내 가르침을 다 흡수하잖아요. 그런데 '내가 잘못된 생각이나 잘못된 가치관을 가르치면 어떡하지?' 하는 고민들이 참 많았어요. 그런데 어느날, 딸이 놀이터에서 노는 모습을 지켜보면서 저는 딸 아이 덕분에 확신을 얻을 수 있었어요. 그날 또래 아이들간에 작은 다툼이 있었는데, 저희 아이는 그 다툼에 휩쓸리지 않더라고요. 주위를 둘러보니 아이들의 행동이 자신의 엄마들과 똑닮아 있음을 느꼈어요. 엄마가 공주 공주하면 딸도 그렇고 엄마가 자기중심적이면 아이도 그렇더라고요. 그날 제 아이가 분위기에 휩쓸리지 않는 모습을 보면서 저는 제가 '아이를 잘 가르쳤구나, 그리고 저도 똑바로 살고 있구나' 하는 생각이 들었어요, 항상 제 생각과 감정에 의문을 가지고 확신이 없었는데 아이 덕분에 확신을 가질 수 있었어요. 저는 제 아이를 보면서 제 삶에, 제 가치관에 확신을 얻을 수 있었어요. 그게 제가 아이를 키우면서 얻은 가장 큰 깨달음이자 아이에게 감사한 부분이에요.

소정: 공감해요. 어쨌거나 대개 우리가 '애들을 잘 키웠다 못 키웠다' 판단하는 기준들은 아이가 좋은 대학을 가거나 다른 사람들 눈에 모범적인 아이로 보이는 거잖아요. 제가 교육 쪽에 있지만 확실한건 성적과 인성이 같이 가는건 아니더라구요. 저 역시 아이들의 인성이나 이런 부분은 부모 영향이 크다고 생각해요. 십 년 넘게 아이들과 예술수업을 하면서 느낀건 '인성이 바른 아이가 정말 잘 키운 아이'라는 생각 많이 했어요. 수업을 하다보면 어떻게 '아이인데 강인하면서도 따뜻하고, 유연할 수가 있지?'하는 아이들이 있어요. 그럴때면 그 아이의 엄마를 꼭 만나보고 싶다는 생각이 들 정도에요. 비화님이 그런 내면적인 부분을 더 신경 써서 키우는 엄마여서 참 멋져요. 우리가 엄마이긴 하지만 완벽하지 못한 인간이기도 하잖아요. 그럼에도 불구하고 아이의 내면과 인품

과 태도에 더 귀를 기울여준다는 것 자체가 엄마가 장점을 물려줄 수 있는 방법이 아닐까 하거든요. 다른 사람들의 기준이나 방식에 흔들리지 않는 이런 자기 확신이 참 중요한 것 같아요.

보람: 삶을 살아갈 수 있는 힘인 것 같아요. 저는 아이러니하게도 아이 문제 때문에 굉장히 힘든 시간을 겪었지만, 또 그 힘든 시간들을 아이가 있기 때문에 이렇게 이겨내려고 발버둥치고 있지 않나 생각해요. 아이들에 대한 책임감, 그리고 아이라는 존재 자체로의 응원. 이런 것들이요. 저희 엄마가 전에 이런 말씀을 하셨었어요. "외할머니가 돌아가셨을 때 어떻게 살아가야하나 너무 막막하고 힘들었지만 저와 오빠가 있기 때문에 또 살아갈 수 있었다고요. 부모에게 자식이란 그런 존재라고요." 그 말씀이 너무 와닿았어요. 어쨌거나 지금 우울증이 왔는데, 아이들이 없었다면 이 무기력을 이겨내지 못하고 그냥 주저않지 않았을까. 저는 아이들을 낳기 전에는 에너제틱한 시즌과 일부러 슬픔이나 우울을 찾아서 즐기는 시즌이 있었어요. 혼자만의 시간을 가져서 그 감정을 오롯이 즐겨요. 직업적으로 결과물을 낼 때 그런 과정과 시간이 많은 도움이 되거든요. 그런 성향이 있다보니까 아이들이 없었다면 우울증을 겪을 때 오는 무기력을 그대로 받아들였을 것 같아요. 하지만 지금은 눈을 뜨면 애들 밥은 먹여야되고 공원에 나가서 뛰놀려야되고 그런 책임감은 해야하잖아요. 부모로써의 소임은 다 해야하는 거니까. 우울증을 겪을 때 의사 선생님들이 가장 하는 말이 "나가서 걸으세요. 나가서 햇빛 보세요. 잘 드세요. 주무세요." 인데, 그런 것들을 그냥 저 혼자였다면 안

했을 것 같아요. 그냥 그 우울자체에 잠식되어 버렸을 수도 있는데 아이들을 챙겨야되니까 힘들어도 하게 되더라고요.

소정: 보람님 이야기에 공감해요. 저는 우리가 인간으로서 아이들에게 받는 것들이 너무 많은 것 같아요. 생명력, 살아있음, 동심, 너무 귀엽고, 말하기 시작하면 더 예쁘잖아요. '인간이 이렇게 선량하구나!'에 대해 아이들을 보면서 느껴요. 전 그런 것들이 아이들이 우리에게 주는 선물인 것 같아요. 우리가 이미 잃어버린 순수함과 그런 아름다움들을 아이들을 통해서 다시 볼 수 있다고 생각해요. 아이를 낳고 아이들을 삶에서 가까이 지켜봤기 때문에 어린 아이들의 그런 온전한 아름다움을 느낄 수는 있다고 생각해요. 제 경우에는 아이를 낳고 얻게 된 것이 제가 하는 일과 관련이 있어요. 아이를 낳기 전 아가씨 시절, 연극 수업을 할 때는 처음부터 잘하는 애는 계속 잘하고, 못하는 애는 계속 못하고…. 제가 한 방향에서만 바라보고, 자기중심적이니 아이들의 다른 장점과 가능성을 봐주지 못했어요. 내 기준에서 수업 잘하고, 나랑 잘 맞는 아이가 더 예뻐 보이고 그랬거든요. 그러니까 한마디로 사람이라는 걸 이해하는 폭 자체가 굉장히 좁았어요. 그런데 내 뱃속으로 아이를 둘 낳고보니, 이 둘이 너무 다른 거예요. 난 똑같이 하는데…. 어찌 이렇게 다를 수가 있나 싶을 정도로 달라요. 달라서 성향도 다르고, 재능도 다르고, 장단점도 다르죠. 이렇게 아이 둘을 키우고, 또 교육도 십 년 이상 하면서 배운건 누군가의 자기 식대로 판단하고, 바꿀 수 없다는 것을 알게 됐다는 거예요. 아까 비화님 말씀처럼 사람은 불완전하다는 것. 나도 불

완전하고 아이들도 불완전하다는 사실을 그냥 인정하고, 그냥 각자 그 대로의 모습을 받아들이게 된 것 같아요. 그리고 그 불완전한 각각의 존재들이 가진 '매력'도 반드시 있다라는 것도 확실히 알게 됐어요. 제가 처음에는 연극 교육만 하다가 나중에는 다른 장르의 예술 선생님과 만나서 통합교육을 했어요. 수업을 할 때 미술, 음악, 미디어, 등의 다양한 활동을 섞어보았는데, 연극 활동을 할 때는 부끄럼쟁이 였던 애들이 미술 활동은 섬세하고, 미술 활동은 못했던 애들이 영화의 시나리나를 구성력 있게 잘 쓰는 경우를 많이 봤어요. 그 모습들을 보면서 자기만의 매력이라는 것에 대해 굉장히 확신하게 됐어요. 이러한 시각을 가질 수 있게 된 것도, 아이를 키워보면서 이 두 아이 속도와 성향과 장점이 너무 다르다는 걸 알게 되면서 생긴 것 같아요. 엄마가 된 것이 제가 하는 일에서도 다양성을 인정해주고 좀 더 기다려줄 수 있는 선생님으로 가고 있는 것 같아 좋아요. 아이들을 낳고 키우면서 나와 세상에 대한 불완전함을 인정하게 됐고, 내 마음대로 할 수 없고, 모든걸 예상할 수 없으니 재미있다는 걸 알게 됐죠. 삶 자체에 대한 것도 굉장히 어렵다는 것을 자각하니 지금은 마음이 편한 것 같아요. 이런 부분들이 정말 감사하죠.

민주: 저는 소정님이 아까 말씀하신 부분에 굉장히 공감을 했어요. 저도 굉장히 인간을 좁게 봤어요. 저만 알았었고, 이기적이었고. '내가 좋으면 너도 좋겠지? 상대방도 좋겠지?' 이런 생각을 항상 갖고 살았었는데 이제 애를 낳고 키우다 보니까 이 아이라는 존재 차제는 머리끝부

터 발끝까지 모든 것을 관찰해서 애가 왜 우는지. 이 손짓 발짓이 의도하는게 뭔지 알아내야 하잖아요. 육아를 하다 보니까 애들을 유심하게 관찰하게 되고 또 더 깊이 생각해보려고 하는 노력을 제가 어느 순간 하고 있더라구요. 이런 노력하는 태도가 제 일을 할 때에도 발휘 되는 것 같아요. 아까도 말씀드렸지만 자주 옮겨다니니까 그래서 '뭐 또 일 년 뒤에 옮겨 갈 텐데, 또 새로 온 사람들 만날 텐데.' 이런 마음으로 상대에 대해 깊게 알려고 하지 않았던 것도 있었어요. 그런데 이제는 제가 직장에서도 그게 '아 이 사람들이 이러니까 이런 말을 했겠구나. 그래서 그런 표정이었구나.' 이렇게 타인에 대해 이해가 되더라고요. 그럴 때마다 '내가 많이 성장했구나' 생각합니다. 얼마 전에 어린이집에 사진이 올라왔는데 저희 아이들 뒷모습이 찍힌 사진이 있었어요. 신랑이랑 보다가 "애들 웃고 있네" 했어요. 신랑이 "어떻게 알아?" 묻는데, 그냥 뒷모습만 봐도 알겠더라고요. '엄마는 다 알아' 이런 생각 하고. 그때 제가 굉장히 뿌듯했어요. '뒷모습만 봐도 볼 위치에 따라 웃고있나 이제 아는구나. 내가 이렇게 아이들 낳고 키우면서 상대방을 유심하게 관찰하고 이해하려고 노력하고 있구나. 성장했다.' 이런 생각을 했습니다.

서진: 피렌체 우피치 박물관에서 양초를 든 성모마리아의 그림을 본 기억이 있어요. 해설해주시는 분이 "양초가 자신을 태우면서 다른 사람을 위해 불을 밝히는 것처럼 엄마라는 존재가 그와 같다."고 의미를 설명해주시더라고요.

그럴거라고 생각 못했는데, 저 역시 제 자신을 일부 희생하고 양보하면서 아이를 키우게 되는 것 같아요. 아이가 배 속에 있을 때 음식을 가려먹으려고 노력하며 즐겨 먹던 매운 음식이나 자극적인 음식, 커피 등을 자제하는 것부터 엄마로서 양보하고 아이를 위하는 마음을 가지게 된 것 같아요. 아이에게 양보하고 배려해주면서, 예를 들어 내가 좋아하는 생선살을 먼저 아이에게 발라주면서, '우리 부모님도 나에게 이런 마음으로 양보하셨을까?' 하는 생각을 해요. 엄마로서 내 아이에게 내가 하는 행동을 돌아보며, 자식으로서 제 부모님 마음을 약간이나마 헤아려볼 수 있는 기회도 주더라고요.

그리고 커가는 아이를 보면서 제 어린시절을 많이 떠올리게 돼요. 예를 들어, 저에게는 더 이상 신기하지 않은 일인데 아이는 마냥 신기해하고 재미있어하는 모습을 볼 때가 있어요. 아이의 그런 순수한 모습을 보면서 나는 어땠었는지 돌아보기도 하고, '나에겐 익숙해진 것일 뿐이지 저 일이 마냥 당연한 것이 아니구나' 자아성찰을 하기도 합니다. 아이를 키우면서 아이를 통해 오히려 제가 느끼고 배우게 되는 것들이 정말 많아요.

소정: 이야기를 들으면서, 아이를 키우면 생각하고 이야기하는 것들이 확실히 다양하고 깊어지는 것 같아요. 인생에 고난이 많은 사람들은 다를 수밖에 없는 거겠죠. 경험이 많아진 거니까. 이제 마지막으로 엄마이자 인간 '나'로서 어떻게 살아가야 하는가에 대해 이야기를 해봐야 할 시간입니다. 우리 아이들은 우리랑 계속 엮어있기는 하지만 이 아이들도 우리가 그랬던 것처럼 어느 순간 우리 곁을 훨훨 떠나겠죠. 우리가

똥 안 닦아주고 밥 안 먹여줘도 잘 살 거예요. 그러니까 우리들도 계속 행복하게 우리들의 인생을 가꾸고 살아가야 하겠죠. 평생 엄마라는 수식어는 뗄 수는 없지만 내 이름 석자로서도 계속 살아야 할 텐데요. 앞으로 어떻게 살고 싶은지에 대해서 마지막으로 이야기 나누고 마무리하면 좋을 것 같습니다. 제일 어려운 문제네요.

## Q3. 엄마이자 한 개인으로서 어떤 삶을 살아가고 싶은지?

**미옥: "늘 열정적으로 도전하는 삶을 살고 싶어요."**

다들 아시겠지만, 저는 현재 에어로빅스 강사가 되기 위해서 시험 준비를 하고 있어요. 전업주부로 살다가 엄마가 되고 나서 처음 도전하는 시험인데요. 꼭 합격해서 아이들에게 도전하는 열정을 알려주고 싶습니다. 아이들에게는 사랑을 듬뿍 주어 내가 사랑받는다는 사실을 항상 느낄 수 있도록 해주고 싶어요. 그러면서도 자기 일에 최선을 다하는 당당한 엄마, 열정적인 엄마로 아이들에게 기억되고 싶어요.

**보람: "나중에 제 아이들이 '우리 엄마는 멋있어' 이렇게 얘기했으면 좋겠어요."**

저는 나중에 애들이 "우리 엄마는 멋있어" 이렇게 얘기했으면 좋겠어요. 제가 그렇게 살았으면 좋겠어요. 그렇다면 이제 그 애들이 생각하는 좋은 엄마는 뭘까 생각해보면, 단순히 '나한테 엄청 헌신했어' 이거는 아닌 것 같긴 해요. 왜냐하면 저는 육아나, 아이들을 양육하고 훈육하고 키우는 부분에 있어서 저희 엄마를 굉장히 많이 존경해요. 근데 한편으론 엄마에 대한 연민이 굉장히 많이 있어요. 그거는 저희 엄마가 가지신, 솔직히 제가 가진 재주, 예술적으로 나타나는 재주는 거의 다 엄마한테 물려받은 거거든요. 엄마도 굉장히 많은 재능이 있으신데 상황이나 사회적 여건 때문에 그 재주를 별로 발휘 못 하고 사셨어요. 사회적으로 엄마, 아내한테 강요하는 여러 가지 그런 프레임들 때문에. 엄마도 그게 그냥 맞다고 생각하면서 커오셨던 세대고 이러다 보니까. 그러다 제가 아이를 낳고 키우면서 엄마의 그런 모습들이 저와 참 많이 겹쳐보이더라고요. '엄마의 20-30대의 마음이 이랬겠구나.' 어렸을 때부터 그런 생각을 많이 했지만 제가 경험해보니 더욱 더 엄마의 젊었던 시절이 너무 아까운거예요. 만약 우리 엄마가 그 시기에 어떤 기회나 제반 조건들이 뒷받침 되어서 자기 능력을 펼칠 수 있었다면, '우리 엄마는 어떤 사람이 될 수 있었을까?' '우리 엄마는 어떤 분야에서 어떻게 이름을 날리고 어떤 삶을 살 수 있었을까?' 이런 생각을 참 많이 했거든요. 그래서 그런 부분에 있어서 엄마에 대한 연민이 많이 있어요. 엄마에 대한 그런 마음을 저한테도 대입해서 생각해보면, 저희 딸들이 저한테 그런 생각을 안 갖게 하고 싶어요. 나중에 저희 딸들이 저한테 '우리 엄마 되게 안쓰러워' 이런 생각을 느끼게 하고 싶지 않더라고요. 그래서 "우리 엄마 되게 멋있어." 라는 말을 듣고 싶다고 한 건, 자기가 가지고 있던 재능과 재주를 발휘해서, 엄청나게 막 대단한 사람은 아니더라도 멋있게 자기 할 일도 하고 그 와중에 가치관을 딱 지켜서 아이들한테도 그런 부분들을 좀 전해주고 그렇게 살아가고 싶어요. 내가 나를 잊는 그 순간 아이들한테도 그렇게 크게 좋은 영향을 미치지는 않는다고 생각을 해서. 그래서 그런 부분들을 잘 잡아나가려고 노력하고 있어요.

**서진: "항상 그 자리에 우뚝 버티고 서 있는 든든한 엄마였으면 좋겠어요."**

아이가 어릴 때부터 항상 생각해왔던 고민이에요. 나에게 주어진 시간은 한정되어 있는데, 엄마로서의 나에게 시간을 더 줘야 하는지 한 개인으로서의 나에게 시간을 더줘야 하는건지 항상 고민하며 저울질해요. 앞으로 어떻게 해야 할지 사실 잘 모르겠어요. 하지만 분명한 건, 엄마로서의 나도 개인으로서의 나도 결국은 나라는 거예요. 나라는 중심을 잘 잡고, 아이 앞에서 부끄럽지 않은 엄마가 되고 싶어요. 아이에게 항상 그 자리에 우뚝 버티고 서 있는 든든한 엄마였으면 좋겠어요. 40대에 들어섰지만 아직도 흔들리고 고민하고 두렵기도 해요. 그럼에도 내가 걸어왔던 길, 내가 한 선택들을 믿으며 살아가야 한다고 생각해요. 또한 내가 배워왔고 알고 있는 것들이 내가 길을 잃었을 때 방향을 알려줄 것도 믿어요. 오스카 와일드가, '우리는 모두 시궁창 속에 있지만, 우리들 가운데 몇몇은 별을 바라본다'고 이야기한 것을 늘 생각해요. 제가 인간으로서 또 엄마로서 해야 할 일은, 살아가면서 힘들고 지치는 순간이 있지만 고개를 들면 하늘에 별이 떠 있는 것을 믿고 그 별을 바라보는 것이라고 생각해요. 그리고 내가 살아오면서 알게 된 모든 것들과 함께, 고개를 들면 별이 있다는 것을 아들에게 알려주고 싶어요. 더 나아가서는, 다른 사람들에게 내가 아는 것을 나누고 도울 수 있는, 세상에

선한 영향력을 주는 사람으로 살아가고 싶습니다.

## 비화: "어제보다 오늘 조금 더 나은 사람이 되고 싶어요."

제가 결혼했을 때 자존감이나 자기애라는게 전혀 없었어요. 그래서 그때부터의 목표가 어제보다 나은 제가 되는 거예요. 어제보다 나를 더 사랑하고, 어제보다 조금 더 성숙하거나 깊어지는. 그게 무엇이든 간에 어제보다 나은 내가 되는 게 목표였어요. 엄마가 되고 나서부터 나는 우리 딸들한테 어떤 엄마가 되고 싶은가를 계속 생각해왔어요. 제가 딸들에게 어떤 엄마가 되고 싶냐고 물어본다면 저는 '내가 사랑받고 있구나'라는 확신을 주는 엄마였으면 좋겠어요. 저는 결혼하고 아이를 낳고 나서야 사실은 내가 부모님한테 사랑받았다는 걸, 제가 이해하려고 노력해서 깨달았거든요. 그러다보니까 남편도 조금 의심될 때가 있어요. '이 사람이 나를 사랑하나?', '무슨 생각 하고 있나' 이렇게. 그런데 아이를 딱 낳았는데 낳자마자 제 아이들이 저를 너무 사랑하는 거예요. 얘한테는 제가 온 세상이고, 우주더라고요. 저는 얘한테 아무것도 해준 게 없는데 나는 정말 모자란 엄마였는데, 얘는 저를 너무 사랑하는거예요. 그걸 보고 저도 아이들에게 받은 만큼 제 사랑을 넘치게 주고 싶어요. 그게 목표라면 목표인 것 같아요. 딸들에게 '나 사랑 충분히 받고 자랐어'라는 마음의 풍족, 풍요로움이 있었으면 좋겠어요. 제 딸들을 어제보다 오늘 더, 오늘보다 내일 훨씬 더 사랑할 거예요. 그래서 저는 여전히 어제보다 나은 제가 되고 싶습니다.

**소정: "그동안 내가 많이 놓쳤던 하루하루의 평범한 것들, 소소하지만 아름다운 것들을 보면서 아이들과 유쾌하게 살아가고 싶어요."**

이 프로젝트를 참여하게 된 것도 그렇고 제가 깨달음을 많이 얻게 된 계기가 저희 엄마의 죽음 때문이에요. 저희 엄마는 마지막 순간까지 되게 유쾌하게 가셨거든요. 엄마를 생각하면 '항상 순간순간 즐겁게 삶을 즐겁게 즐기셨던 것 같아' 하는 밝은 이미지로 남아있어요. 아까 슬비님이 이야기한 것처럼 심각한 일도 그냥 스무스하게 친철하게 넘기면서요. 경제적으로 풍족하지 않았지만 엄마는 늘 항상 즐거웠어요. 되게 유머러스하고 재미있고. 마지막까지 췌장암이라는 고통스러운 암을 겪으면서도 그런 태도를 유지하시는 걸 보면서 한 인간으로서 엄마가 굉장히 존경스러웠어요. 제 원고에도 썼는데, 엄마가 대단한 유언 같은 거는 안 해주시더라고요. 마지막 까지 혹시 나 몰래 숨겨둔 땅이나 돈이 있냐고 물어봤는데 그런 것도 없고.(일동 웃음) 그냥 엄마가 저한테 천천히 즐겁게 살라고 하시더라고요. 제가 그동안 너무 빡빡하게 살아왔거든요. 그런 엄마의 죽음을 겪으면서, 현재로서의 저는 인생을 좀 물 흐르듯이 자연스럽게, 뭐 대단한 목적 없이 흘려보내고 싶어요. 그리고 좀 인생의 풍경을 많이 즐기고 싶어요. 그래서 이제 아이들을 데리고 많이 놀러 다닐 생각이에요. 요즘에는 첫째를 자전거 뒤에 태우고 산책을 많이 해요. 둘이 자전거 타면서 음악도 듣고 하는데 너무 좋아요. 바람을 맞으며 이런저런 이야기를 많이 하죠. 1학년이 되니 대화가 꽤 통해요. 앞으로도 이런 삶의 소소한 아름다운 풍경들을 보여주고, 아이들하고 나누고 싶어요. 그게 다~라는 생각이 들어요. 그동안 내가 많이 놓쳤던 하루하루의 그런 평범한 일상을 아이들과 함께 낄낄대기도 하면서 유쾌하게 살아가고 싶어요. 한 인간이자 엄마로서 아이들을 밝고 건강하게 키우고 싶어요. 좀 힘든 일이 좀 있어도 툭툭 잘 털어내고, 심플하게 살아갈 수 있도록. 인생이 뭐 별거 있나요. 즐겁게 살면 되는 거지. 그런 생각을 요즘 많이 하고 있어요.

**민주: "일도 육아도 모두 놓치지 않도록 중심을 잘 잡아가고 싶어요."**

저는 요즘에 항상 생각하는게 일과 가정에서 중심을 잡자예요. 제가 얼마전에 『엄마는 왜 항상 아이에게 미안할까』 라는 책을 읽었어요. 오늘 주제와도 비슷해서 놀랐는데요. 그 책의 저자도 워킹맘인데, 본인은 항상 '아, 올해는 일에 집중할 때, 그럼 일 비중이 51, 육아에는 비중이 49' 뭐 이런 식으로 중심을 잡는다고 하더라고요. 저도 그 책을 보고 현재 제 비중은 육아51, 일 49 이렇게 잡았어요. 아이들도 어리고 하니까. 근데 바쁘고 훈련이고 할 때는 저도 중심이 좀 흔들리고 할 때가 있어요. 근데 그러면 애들이 기가 막히게 알아차리더라고요. 제가 일차적 배신을 받았던 게 진짜 엄마만 찾던 쌍둥이들이 어느 순간 아빠한테 다 돌아선 거예요. 잠도 저 아니면 안 잤던 애들인데, 아빠를 찾으면서 울고. 저는 그때 훈련이고 해서 집에 못들어가곤 했으니까. 그래서 저 일차적 배신을 받았을 때 진짜 많이 흔들렸어요. '이게 뭐하는 짓인가, 일도 제대로 못하는 것 같은데 애들도 나를 배신하고.' 이런 자괴감이 많았어요. 한참 그러다가 지금은 그래도 매일 다시 중심잡기를 하고 있어요. '오늘은 51:49다. 일이 49다. 그래서 애들한테 좀 더 한다' 이렇게. 나중에 또 제가 진급 시기가 되면 약간의 중심은 달라질 수 있겠지만 그래도 아이들을 아예 포기하고 육아가 0이 되는 순간이 없을 거라고 생각해요. 우리 애들이 나중에 혹시나 좀 더 컸을 때에도 '어, 우리엄마가 좀 소홀한 것 같은데' 하다가도, '아냐, 우리 엄마는 늦든 이르든 그래도 언젠가 한번은 우리랑 있어줬어' 이런 생각을 가질 수 있는 그런 엄마가 되고 싶어요. 중심잡기. 이것도 저것도 놓치지 않고 잘 해보고 싶습니다.

소정: 오늘 이렇게 의미 있는 얘기를 많이 나누어 보았습니다. 전반적으로 각자 현재 어떤 시점에 있느냐에 따라서 다른 이야기들이 많이 나왔던 것 같아요. 엄마라는 이름 아래에 다양하게 자리한 서로의 경험과 생각들을 나눌 수 있어서 뜻깊은 자리였다고 생각합니다. 오늘 긴 시간 참여해주셔서 감사드리고, 마지막으로 기획자님 이야기를 끝으로 오늘 모임을 마무리하려고 합니다.

슬비: "저는 제 아들에게 '엄마가 내 엄마라서 너무 행복하다'는 이야기를 듣고 싶어요."

아이를 키우면서 보니까 제 아이에게 그런 이야기를 들으려면 굉장히 많은 면에서 노력해야 하더라고요. 우선 아이에게 맞는 충분한 사랑을 아낌없이 내어줄 수 있어야 하고, 아이가 독립하기 전까지 아이의 의식주를 편안하게 제공하고 아이의 꿈을 펼치게 하기 위해 알맞은 경제적 지원도 해야 하고, 제가 먼저 인생을 살아 본 사람으로서 이 험난한 세상을 잘 헤쳐나갈 수 있도록 첫 번째 멘토가 되어주어야 하고, 존경받는 부모가 되려면 굉장히 여러 가지가 모두 갖춰져야만 하더라고요. 결국 좋은 부모가 된다는 건 내가 먼저 좋은 어른으로 성장해야만 가능하다는 생각이 들어요. 그리고 좋은 어른이 된다는 건 우선 내 삶에 있는 정신적이고 육체적인 것들을 건강하게 가꾸고 삶에 진심으로 열심을 다해야만 이루어질 수 있다. 이런 사실을 매일 새롭게 깨달으면서 사는 것 같아요. 그래서 저는 앞으로 좋은 부모가 되기 위해서 좋은 어른으로 성장하기 위해서 나름대로 열심히 살아가려고 합니다. 앞으로 살면서 제 커리어나 학업이나 육아나 많은 것들이 분명히 계속 힘들 거예요. 그래도 포기는 하지 않으려고 하고요. 좋은 엄마, 좋은 어른이 되기 위한 노력에서 그 첫 번째 스텝이 지금 이렇게 여러 어머님들과 이 책을 만들어가는 것이라고 생각해요. 그래서 처음 이 책 기획하고 함께 읽고 쓰고, 오늘에 이르기까지 너무 감사하고 소중한 시간입니다. 앞으로 저희 엄마들의 이야기가 세상에 나올 때까지 각자의 삶에서 조금 더 힘내면서 살았으면 좋겠습니다. 오늘 감사했습니다.

* 지구를 위해 친환경재생지를 사용합니다.

**인생 초보인데 아기도 있어요**

**초 판 1 쇄**   2021년 7월 25일
**초 판 2 쇄**   2022년 2월 25일
**지 은 이**   이슬비, 김보람, 권소정, 김미옥, 김민주, 김서진, 비화
**펴 낸 곳**   하모니북

**출판등록**   2018년 5월 2일 제 2018-0000-68호
**이 메 일**   harmony.book1@gmail.com
**전화번호**   02-2671-5663
**팩     스**   02-2671-5662

ISBN 979-11-6747-007-2 03810
ⓒ 이슬비, 김보람, 권소정, 김미옥, 김민주, 김서진, 비화, 2021, Printed in Korea

**값 15,000원**